20周年纪念书
廿念

《意林》编辑部 编

吉林摄影出版社
·长春·

图书在版编目（CIP）数据

廿念 /《意林》编辑部编 . -- 长春：吉林摄影出版社，2024.9. --（意林20周年纪念书）. -- ISBN 978-7-5498-6283-2

Ⅰ . I217.1

中国国家版本馆 CIP 数据核字第 20243WM372 号

意林20周年纪念书·廿念
YILIN 20 ZHOUNIAN JINIAN SHU NIANNIAN

出 版 人	车 强
总 策 划	顾 平 朱蕙楠
出 品 人	杜普洲
主 编	蔡 燕
图书策划	蔡 燕 施 岚
责任编辑	王维夏
图书统筹	周胜男
执行编辑	周胜男
封面设计	资 源 金 宇
美术编辑	孔凡雷
发行总监	王俊杰
开 本	700mm×1000mm 1/16
字 数	150千字
印 张	8.5
版 次	2024年9月第1版
印 次	2024年9月第1次印刷

出 版	吉林摄影出版社
发 行	吉林摄影出版社
地 址	长春市净月高新技术开发区福祉大路5788号
	邮 编：130118
电 话	总编办：0431-81629821
	发行科：0431-81629829
经 销	全国各地新华书店
印 刷	天津泰宇印刷有限公司

书 号　ISBN 978-7-5498-6283-2　　　定 价：20.00元

版权所有　翻印必究

（如发现印装质量问题，请与承印厂联系退换）

目录

壹 寸草春晖

她从不肯委屈我一秒	三　毛	001
光明正大地"偷窥"父母	悄然微笑	002
藏在左手里的父爱	杨家丽	003
送　别	陆庆屹	004
那个叫母亲的客人	汤园林	005
32个未接电话	张振斌	006
粗糙的手	冯铃之	007
坐绿皮火车的她	左　琦	008
幸会，妈妈	张　春	009
孝绳	麦　父	010
母亲的牙齿	徐则臣	011
听完"再见"再说"再见"	谷　煜	012
家宴的仪式感	苏晓漫	013
微信步数的秘密	姜　萍	014
跳进同一个"战壕"	明前茶	015
四十二粒芝麻	顾振威	016
玩耍的大人	邓安庆	017
捧在手心里的呼吸	孙建勇	018
劝儿离家	阎连科	019
那些密密麻麻的划痕	刘世河	020
红皮儿酥糖	李烤鱼	021
我走给你看	周珂银	022
借家过年	曾　颖	023
儿女家的"外省人"	郭韶明	024
我们越长越大，父母却越长越小	肖　遥	025
远离塌缩的生活	明前茶	026
那个教你说话的人，正在等你给她打电话	槽　值	027
我哭着打了一个视频，24小时后妈妈来北京了	刘小念	028

贰 情深缘浅

且行且珍惜	佚　名	029
妈妈也想妈妈	积雪草	030
七十二本存折	麦　家	031
一生缘分，我不难过	一把青	032
春光从不问	卢十四	033
50%的亲情	清香木	034
怀念的时候不说话	丁一晨	035
我偷看了奶奶的日记本	酸酸姐	036
祖母的留言牌	徐立新	037
父亲在秋天枯萎	蔡树国	038
风吹一生	徐则臣	039
姥爷的秘密	张尼德普	040
温馨，究竟意味着什么	梁晓声	041
爱的接力棒	张忠辉	042
云上的母亲	不良生	043
一个被动的孤儿	张军霞	044
但愿为母不强	爱玛胡	045
我陪爷爷预习了死亡，很浪漫	东七门	046
卡在时间里的亲人	肖　遥	047
父亲的墓碑上有三张二维码	李在磊　胡世鑫	048
天上的每一颗星都是爱过我们的人	刘江江	049
录取通知书到了，从此故乡只剩回忆	安娜贝苏	050

叁 只若初见

最好的安慰	和菜头	051
正午的阳光将我融化	贾樟柯	052
在北大的草坪上晒太阳	许知远	053
不合群的我在毕业晚会上哭了	河樱	054
再见，老袁	淡蓝蓝蓝	055
白老师，你是我的朱砂	毕淑敏	056
两位老师和一条河的约定	邓小波	057
心灵的雾霾	胡为民	058
家访	贺楠	059
给学生拜年	阿敬	060
"何"其珍贵	伯伦	061
携手是彩虹	周太舸	062
肩膀	唐军	063
张桂梅：我生来就是高山而非溪流	素衣回中原	064
生命里的光	彭杰	065
失窃的月季花	孟祥菊	066
我从未后悔的公益间隔年	慕冬	067
高考失利之后，我发现了生命的真谛	尧竹	068
知识就是岛屿	张小失	069
背诵到底意味着什么	张丰	070
想去送外卖的学生	田泓	071
师者的眼睛	梅寒	072

肆 一期一会

回甘	高自发	073
一路顺风，亲爱的陌生人	柏邦妮	074
黑眸子	赵丽宏	075
重的东西，要轻轻地放	桃花石上书生	076
我的焦虑症，被一位百岁老人治愈了	毛利	077
绿皮车上	明前茶	078
每双劳动的手都优美	华明玥	079
讨缘	骆瑞生	080
二十米	胡炎	081
活下去的方式有很多种，有一种叫爱	韩松落	082
我在可可西里无人区巡山	徐晴	083
一碗面条的吃法	孙道荣	084
炒饼老胡	暑假	085
张铁匠	贾平凹	086
怕的是无处奔波	林特特	087
野花一样的少女	凌仕江	088
您好，这里是110	魏铭淇	089
补网师阿月	虞燕	090
人间一碗饭	李晓	091
平静的老齐	毛莉	092
最重的咨询者	毕淑敏	093
黑暗中的一线光	殳儆	094

伍 万物有灵

万物的心跳	苏沧桑	095
头鹤的尊严	李　理	096
殉情的岩鹰	宋伯航	097
树　耳	刘亮程	098
野马之死	裘山山	099
会流泪的鹅	翁来英	100
遇　熊	王贵宏	101
失落的桃花泪	江泽涵	102
一只母性的蜘蛛	刘东伟	103
树木也生死相依	杨振林	104
鸟儿中的理想主义	筱　敏	105
风穿过风	安　宁	106
向大地觅食	王　族	107
生息有缘	陈志宏	108
我家的猫，创造了猫国奇迹	莫　言	109
会休息的苹果树	孙　荔	110
被驯养者的幸福	冯　娜	111
养君千日，终须一别	于　谦	112
蚂蚁从来不装死	庞余亮	113
跨物种的母子之爱	王小柔	114
刀光里的爱	尤　今	115
鸟　王	王长元	116
鹰之殇	陈元武	117
我住的城市发现狼	邓　刚	118

陆 歌以咏志

识见日增,人品日减……………………………………余 弓 119
送我一朵小红花………………………………………豆豆子 120
一树梨花开……………………………………………鄢韵越 122
佛珠里藏着我的二十岁………………………………燕麦粥先生 124
20岁,我在医院急诊科实习…………………………Seven 126

壹·寸草春晖

她从不肯委屈我一秒

◎三 毛

那天的风特别大。我缓缓地开着车子,堤防对面的人行道上也沾满了风吹过去的海水。突然,我看见了在风里、水雾里踽踽独行的母亲。母亲腋下紧紧地夹着她的皮包,双手沉沉地各提了两个很大的口袋,使得母亲快蹲下去似的弯着小腿在慢慢一步又一步地拖着。

我赶快停了车向她跑过去:"妈妈,你去哪里了,怎么不叫我?"

"去买菜啊!"母亲没事似的回答着。

"妈妈上车来,东西太重了,我送你回去。"我的声音哽住了。

"不要,你去办事情,我可以走。"

"不许走,东西太重。"我上去抢她的重口袋。

"你去镇上做什么?"妈妈问我。

"有事要做,你先上来嘛!"

"有事就快去做。我语言不通,不能帮上一点点忙,你以为做大人的心里不难过?你看你,自己嘴唇都裂开了,还在争这几个又不重的袋子。"她这些话一讲,我眼睛便湿透了。

母亲也不再说了,怕我追她似的加快了步子,在大风里几乎开始跑起来。

我放了母亲,自己慢慢地走回车上去。后视镜里,还看得见母亲的背影。她的双手,被那些东西拖得好似要掉到地上,可是她仍是一步又一步地在那里走下去。母亲踏着的青石板,是我一片又一片碎掉的心。她几乎步伐踉跄了,可是手上的重担却不肯放下来交给我。我知道,只要我活着一天,她便不肯委屈我一秒。

光明正大地"偷窥"父母

◎悄然微笑

在我妈又一次将手摔伤并且准备对我进行消息封锁时,我觉得是时候对他们的生活多一些直观的了解了。我开始咨询宽带、选定套餐、购买设备,没几天我就能通过手机屏幕看见我家院子了。自此,我就开始光明正大地"偷窥"父母的生活。

通过回看按钮,我看着故乡一点点地从黑夜到白天。在6点29分35秒,突然天比之前更黑,但在第36秒,天"哗"地一下亮了。我第一次理解"黎明前的黑暗"这句话有多么写实,也终于知道"天亮"不是一种状态,而是一个瞬间。

至于父母什么时候起床,什么时候睡觉,起床都干了些什么,家里来过哪些人,事无巨细,统统在我的"偷窥"范围内。

清晨,看到我妈正在扫院子,我对着摄像头喊一声"妈",我妈听到声音后抬头挺身,面朝摄像头,和我聊起来,无非是今天冷不冷,早饭准备吃啥,我爸怎么没在家。

中午,看到我爸坐在走廊上晒太阳,想必是在外面干活才回来,我喊了一声"大",我爸惊喜地抬头回应,说着说着,我发现他有点咳嗽,让他早晚多穿点,现在去喝点热水,免得咳得难受,我爸听话地跑进屋里倒了一杯开水出来接着聊。

晚上,爸妈不大出现在院子里,偶尔也会有村邻来家坐坐。大多时间他们都待在堂屋里看电视,他们基本还是和我当年在家一样,每天追剧两集。

有一天起床后,我发现摄像头呈离线状态,打电话一问,原来是停电了。那天,我过得格外煎熬,隔不多久就查看一下摄像头的状态,一直到下午四点多,才来电,我心里的一块石头落了地。

身处快节奏的上海,看老家的慢生活,成为一种心理需要。每当我感到焦虑时,就打开摄像头,看看我家的院子,听一听鸡鸣狗吠,看一看我爸妈与邻居坐在院子里喝茶、聊天,一颗兵荒马乱的心就会慢慢平静下来。

大学毕业以来,我为父母买过许多许多东西,但从来没有一件物品,抵得上日日呈现在我眼前的这方天地。它弥补了我对父母陪伴的缺失,成为我日常能量的充电站。

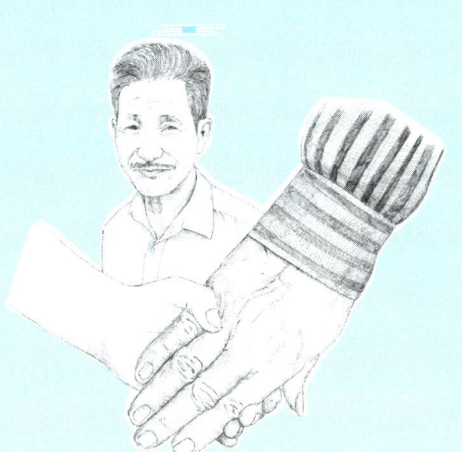

藏在左手里的父爱

◎杨家丽

高一开学，从自己的村子里走进这座陌生的大城市，父亲毅然要亲自送我到校园。其实他只来过这儿几次，那还是早些年的事儿了。

一大早吃完早饭，他就带我坐车来到昆明。可下车后，满眼的陌生，父亲镇定地掏出他的右手，提着装满我生活用品的塑料编织袋。而左手呢？他则习惯性地甩在身后，或是藏在衣袖里。

父亲的左手因为事故从小便落有残疾，五根手指不能弯曲，连抽烟都困难，更别说用左手提重物了。因此，他一直用右手把大口袋紧紧拽住，在拥挤的车站不肯松懈一分钟。我背着书包，双手空着，想搭把手，父亲总是不乐意地说："就这么点东西，我还会拎不住吗？"我只好住嘴，走到他身边，拉起他甩在身后的左手。

一路停停走走，上了公交车，父亲才放下手中的口袋，用他健壮的右手指着窗外跟我绘声绘色地讲他以前的所见所闻，不时感叹这城市的巨大变化。汽车到站，幸而离我的学校不远，车一停，父亲立刻用右手抓起口袋，左手伸过来拉着我，急忙冲下车赶去学校。

毕竟那只是他的一只手，一个普通人的手，那劣质的口袋把父亲黝黑粗糙的手勒得通红，那终日附在手上的老茧好像都要被勒破似的。倔强的父亲绝不允许我说帮他一把，就像谁看不起他似的。

八月骄阳似火。我拉着的父亲的左手，早已被汗水湿透。他那夹杂着白发的双鬓和额头也早已汗如雨下，可他仍任凭右手受罪也不愿停下匆忙的脚步。

总算是到了学校。报到后，找到宿舍床位，父亲才放心地放下那大包行李。早已勒得发紫的右手这会儿才得到解放，也才有空闲拭去额头的汗水。

一切安顿好，我说送他去车站，一开始他不乐意，可最终没拗过我。在那人头攒动的车站，父亲又把左手习惯性地甩在身后。我跟他道别。在车缓缓启动时，他用那疲惫的右手向我挥舞着，示意我回去。

我心酸，心酸父亲的左手。虽然那残缺的左手或许在别人看来丑陋，但它藏着这世间最真切，也最质朴的爱。

送 别

◎陆庆屹

在我家，送别是件很郑重的事。父母总有太多东西想给我们，大到腊肉、香肠、酸菜，小到几克一瓶的花椒油……这些东西做起来都很费神，所以通常全家人都得笑嘻嘻地忙上一整天。

忙到夜深，大家围坐在厨房炉边闲聊，谁都不忍心开口说出那句"去睡吧"，通常我爸是第一个："好啦，先这样，都去睡吧，明天还要一大早起来。"说着便站起来，抹一抹脑门的头发，转身出门去了。然后和往日一样，他给我们开好电热毯，铺平被子，才回卧室。

若看厨房灯火未灭，他就又下楼来，推开门说："电热毯还没热啊，那就再坐一会儿。"半小时后，又是他催促大家去睡。我妈会继续呆坐十来分钟，上下眼皮都打架了，才红着眼起来。尤其在我哥离开前的晚上，她总比以往沉默。

我妈最疼爱的是我哥，我们姐弟曾讨论过这个问题。每年春节过后，三人离家的时间通常不一样，轮到哥走时，我妈会格外用心，到了我和我姐离开时就相对马虎一点。

哥离开之后的两天，我妈总是面色黯然，有时无意识间眼泪就下来了。她总是心不在焉，时不时抬头看墙上的挂钟，问一句："松该到了吧？怎么还不来电话？"

我哥自小特别乖，我呢，上初二时便成了野马。我仍然记得，高考前夕爸会给姐买奶粉和各种水果补充营养。但姐特别疼我，会偷偷分给我吃。

儿女都长大后，父母对待我们的差别已然微乎其微，即便偶尔还是会在不经意间流露出不同的期待和关切，但我们仨能顺利成人，他们的欣慰是相同的。

有一年节后离家，刚到火车站我就收到了我妈的短信："早知道心里这么难受，你们明年干脆别回家过年了，我和你爸平时清清静静惯了。回来几天又走，家里刚一热闹又冷清下来了。刚才想叫你下来吃面，才想起你已经走了。"

我一个壮如蛮牛的大老爷们，居然从进站口哭到了车上。放妥行李，坐下看滑过车窗的独山城，想起临别时爸跟我走到街角，妈直到我们拐弯仍然倚在门口，手扶铁门，我又忍不住泣不成声。

那个叫母亲的客人

◎汤园林

朋友说，她是个不喜欢做家务的人。但是，家里一旦来了客人，她就变成另外一个样子。她会给客人沏一杯茶，即使别人说不喝，她也一定要坚持，那些水果皮、零食袋，她也鼓励客人随便扔，不用讲究。于是，每次客人一离开，她就要忙乎半天，洗茶杯，收拾茶几，拖地。为了客人开心，她忍了。

那次，母亲来看她，一进门，她就要求母亲换拖鞋，给母亲拿出水果，却又生怕弄脏客厅，就不停地嚷嚷："妈，小心点儿，别把汁儿弄到地板上。"

母亲离开后，她看着一尘不染的家，忽然开始自责起来。

还有位朋友，是个热心肠，只要有客人来，她会放下手头的工作，全心全意相陪，把当地的小吃吃遍，把名胜古迹游遍，生怕客人不能尽兴。这样的热情，自然让她人缘超好，找她当向导的人也越来越多。她从来不拒绝。人家千里迢迢奔你而来，怎么能让人家扫兴而归呢？

那次，母亲从老家来看她，不巧，那几天她正为工作焦头烂额，母亲就不停地说："别请假，工作要紧，我都这么大年纪了，不想出去走，你每天晚上回家陪我说说话就好了。"

整整一周，她没有陪母亲逛过一次街，没有陪母亲去看城市里那些美丽的风景。她以为母亲真的不需要，直到母亲回家后，她打电话回去，弟弟问："有没有陪妈出去转转啊？妈说了，这次出去，要好好地看看风景！"

她忽然悲从中来，眼泪大颗大颗地落在电话线上。

每个母亲，最喜欢去的地方，恐怕就是儿女家吧，因为那里，有她最温暖的牵挂。

在儿女的家里，母亲比任何客人都实心实意，可她从来没有享受过客人的待遇。想到这些，我的眼泪也止不住大颗大颗地落下来。

32个未接电话

◎张振斌

儿子在2000多公里外的南方上学，每个周六都要打个电话叙叙家常。周六的中午，儿子打过电话，但因和妻子在山上挖野菜，风大，信号弱，听不清，约好回家后再联系。

吃过晚饭，七点多，连续给儿子打了两遍电话，能通但没有接。以前也有这种情况，他过一会儿看见了就会打过来，因此我也没在意。

妻子喜欢的电视节目已经开演。书，我也读了四章，儿子的电话还没有打过来。再打儿子的移动号，不在服务区；又打儿子的联通号，电话无人接听。于是，我就给儿子发了条短信：怎么不接电话，看到后迅速回电话。

没接到儿子的电话，睡意全无。"你就是事多，他能有什么事，可能调静音了听不见。"妻子一边戗我，一边开始打电话。书也顾不上看了，歪着身子，眼直直地瞅着妻子打电话，一遍不接，又打了一遍还不接，用QQ联系，也联系不上。

我们俩谁也不说话了，关灯后，在黑夜中默默地苦想着能联系上儿子的方法。淅淅沥沥的春雨，已经下了三四个小时，雨滴敲打在阳光板上，发出"啪嗒、啪嗒"的声音，空气也变得沉重而阴冷了。想了一圈，没有儿子同学的电话，更没法找到宿管阿姨。

在黑夜中攥着手机，冥思着手机能亮起来，铃声能响起来。"嘟——嘟——嘟——"声混杂着窗外"啪嗒、啪嗒"的声响，敲打着心脏，像一只猫爪子在抓，恐慌和焦虑慢慢在胸中升腾和蔓延。

5点17分，我的手机响了起来，抓过电话一看，真是儿子的电话，接通后传来儿子的懊悔声："爸爸，对不起。昨晚感冒了，吃了药后，不到七点就睡了。手机调成了静音，我一直睡到现在。打开手机一看有你和我妈打来的32个未接电话。"

长夜的迷惘，终因儿子的电话，看到了春天窗外的光亮，一身的紧张卸下来，感觉真的很累。我对儿子说："你没事就好，我们太累了，想睡一会儿。"

挂断电话，我安然入睡。

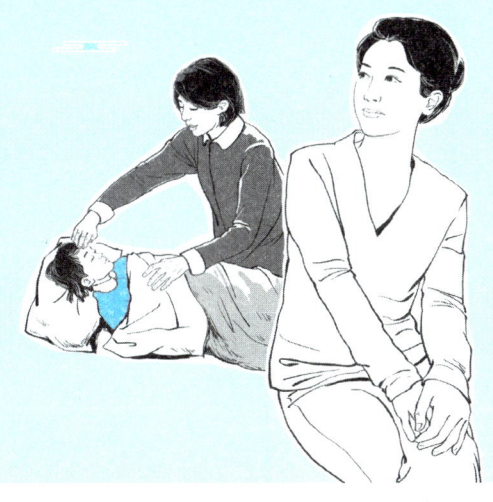

粗糙的手

◎冯铃之

在我的童年时期，很长一段时间里，每天夜里，母亲总习惯来为我掖住被角，撩开我的长头发，亲吻我的额头。

不记得从何时起，我开始讨厌她用手拨开我的头发。这确实很让我恼火，因为母亲粗糙的双手让我感觉自己幼滑的肌肤在受到伤害。终于，一天晚上，我冲她嚷道："别再这样了——你的手太粗糙了！"她什么也没说。但母亲再也没有像这样对我表达她的爱。

一次又一次，随着岁月的流逝，我的思绪又回到了那天晚上。我想念那时母亲的手，想念她晚上留在我额头上的亲吻。有时这幕情景似乎很近，有时又似乎很遥远。但它一直埋藏在我心底，时常浮现在我的脑海里。

多年之后，我不再是昔日的那个小女孩了。但是现在75岁的母亲仍旧用她那双粗糙的手照顾着家人和我。母亲曾是我们的医生，她可以从容冷静地从医药箱里拿出胃药，治好小女孩的胃痛或给小男孩擦伤的膝盖上敷药。她做的炸鸡是世界上最美味的，她也可以弄干净我怎么都不能洗干净的蓝色牛仔裤……

现在，我的孩子已经长大了，搬到了另外的城市。父亲也离开母亲去了天堂，在特殊的节日里，我经常会陪母亲度过。所以在这个感恩节前夕，我睡在我小时候睡过的卧室里，感觉到一只那么熟悉的手熟练地梳理我前额上的头发，然后轻轻落下一个吻，永远这样温柔，抚摸我的眉毛。

在记忆中，我曾无数次回想起那晚我年幼的抱怨："别再这样了——你的手太粗糙了！"我一把抓住母亲的手，脱口而出："我多么后悔那天晚上对您讲过那样的话。"我以为她和我一样一直记得。但母亲不知道我在说什么。她很久以前就忘了，就已经原谅了我。

那天晚上，我睡着了，我对妈妈那双温柔而体贴的手有了一种新的感激之情。而这么多年来，压在我心头的负罪感，也突然无处可寻。

坐绿皮火车的她

◎左 琦

妈妈到我家的第一句话是："我想你了，女儿！"

妈妈现年64岁，偶尔来我这儿小住一段时间。她会带上家乡的米粉、剥好的花生仁、自制的酸萝卜、酸豆角、扣肉、腊鱼、香肠……每样一点点，堆在一起就是一座小山。公交车，火车，地铁，公交车。一个人的路途，复杂的换乘居然没有难倒她。

50.5元，绿皮车单程的价格。不知道坐在火车上的妈妈会想些什么。火车咣当咣当，车厢外的景物逃去如飞。也许，妈妈什么也没想，而是头挨着窗玻璃，迷迷糊糊睡着了。如果旁边的位置空下来，一条三人座的长椅刚好容下她瘦小的身躯，她就索性躺下，一路睡到终点站。她说，用坐票的价格，换来卧铺的待遇，值！

妈妈在长沙的日子，家里的饭菜总能飘出熟悉的香味，灶台光洁锃亮，被子蓬松柔软，鞋子干净如新。下班回家的我，每每看到她把房间拾掇得一尘不染，饭桌上的菜品色香俱全，满身心的疲累立即没了踪影。

我的身体在生完孩子后垮了下来，几次住院。妈妈心急如焚，想尽办法做营养餐。她炖鸡、煮鱼、烧肉，用保温桶一层层分装好，坐一个小时的公交车，将热乎饭菜送到医院。

我打开餐盒，里面的荤菜是精心挑选过的，鸡腿、鱼腹、精排上的肉，在碗里满满当当地堆放着。我还未用心照拂过妈妈一天，却让她在我的病床前操心劳神。

如今，妈妈再一次来到长沙。她说："外孙要中考了，我怕打扰他，但是我想你了，女儿！"

妈妈总说，老了老了，不中用了，包里带来的东西只能越来越少，米粉只能带两斤，腊肉只能带一块，酸萝卜只能带几罐，腊鱼只能带几条……来了只会多用水用电，吃我的喝我的，浪费不少钱……

小住一段时间的妈妈要回家了，她还是选择坐绿皮火车。50.5元，单程的价格。

绿皮火车咣当咣当，不知靠一桶农家小炒肉味方便面对付午餐的妈妈，会在车上想些什么。也许她什么也没去想，而是倚靠着玻璃窗，沉沉睡一觉，直到目的地。

幸会，妈妈

◎ 张 春

　　青春期叛逆时，我跟她争吵，说各种绝情的话："等我长大了，还了你们的钱，就再也不欠你们的了！"她沉默良久，叹了口气，说："我们大人有时候也心情不好，你就不能也哄我开心一次吗？"那个不懂事的少女，终于意识到了自己该为成长负责任。

　　在我疯狂辗转于全国各地考美院的那些年，她曾经来北京看我。后来爸爸病倒了，妈妈去陪护，我不知道这些事。终究爸爸还是因为癌症去世了，她规定自己每天痛哭一个小时，剩下的时间就要振作起来。

　　命运是猜不透的。爸爸去世一年后，我刚考上大学，突然也卧床不起。我已经病了一个月，但一直跟她说没事。可妈妈还是来了，等她推门走进我宿舍的时候，我已经躺在床上不能动了。她一进门，我刚叫了声妈，就哭了。她说："莫哭莫哭。"我说："你先等一下，我还想再哭一会儿。"

　　当时我连躺着都没有力气，还要坐在人山人海的地方候诊，妈妈的心应该已经被烧焦了吧。她摸着我因为打了很多针而布满瘀青的手，轻轻说："不知道有没有那种神仙，能把你的病摘下来放到我身上。"

　　在北京治疗三个月后，连医生都说住院没有什么意义了。我一步路也不能走，她就背着我，从北京跋涉两千公里，把我弄回了家。她到处寻访奇怪的方子和疗法。半年后，我重新站了起来，回到北京读书。

　　毕业后，我来到厦门生活，有一次她到厦门来看我，我们去海边散步。她说："走路要把手甩开，专心致志。不要突然快，也不要突然慢。好好地呼吸，一脚一脚地走，走多远也不会累。"

　　她平静地望着前方，步伐均匀，认真而仔细，显出协调而动人的姿态。我望着她，突然发觉自己的双眼涌出热泪，不得不把头转向海的方向。

　　她一直喜欢看我写的文章。出书之前，我要对她说的话，想了很久终于想好。千言万语变成两个字：幸会。

孝 绳

◎麦 父

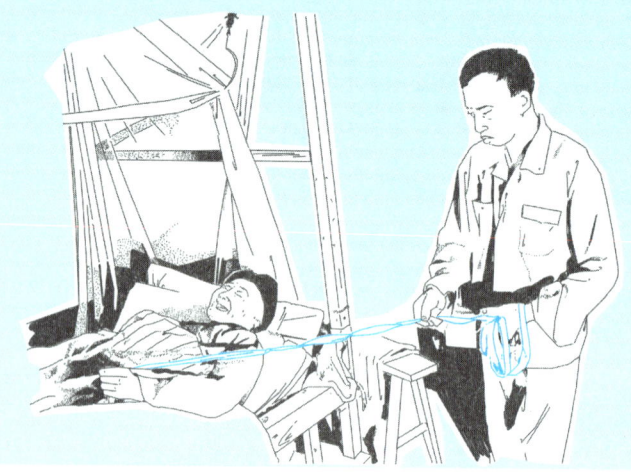

　　偶尔看到一张获奖的新闻照片，心为之一动。

　　他70多岁了，是个典型的农村老汉。不过，在101岁的老母亲面前，他还是个孩子。

　　白天他要下地干活，还要兼打一些零工，很累。晚上回到家，倒头就能睡着，而且，总是睡得很沉。但他又不敢睡得太死，因为101岁的老母亲夜里要经常起来上厕所。老母亲的眼睛已经差不多全瞎了，夜里更是什么也看不见。万一摔上一跤，那可不是闹着玩的。他叮嘱老母亲，夜里起来上厕所时，一定一定要喊醒他。从很久以前开始，他就在老母亲的床边，又支了一张床，自己睡，方便夜里照顾老母亲。

　　也不知道是老母亲舍不得喊醒他，还是喊了他却因睡得太沉没听见，老母亲夜里常常自己爬起来，摸索着去厕所。这让他既自责，又担忧。

　　他想了个土办法。

　　他找来一根绳子，一头拴在老母亲的床头，老母亲伸手就能拉到绳子。而绳子的另一头，则系在自己的手腕上。这样，老母亲只要拉一拉绳子，就一定能把他拉醒。

　　晚上，安顿好老母亲就寝，把绳子的一头拴在老母亲的床头，另一头紧紧地系在自己的手腕上，然后，才熄灯睡觉。每天都是如此。

　　夜里，手腕上的绳子动了，他立即惊醒，开灯，起床，解开手腕上的绳子，扶起老母亲，搀到厕所，等老母亲方便好了，再搀扶回床上休息。再把绳子系在自己的手腕上，才躺下睡觉。

　　一夜好几次，每一次，都是同样的程序。

　　记者拍摄的那张照片，只是记录了某一个晚上的场景：老母亲安详地躺在床上，他弯着腰拴绳子。那根不长的红绳子，在他和老母亲之间，晃悠。村民们都知道那根红绳子的故事，他们亲切地唤那根红绳子为"孝绳"。

　　孝绳，那是母子之间，多牢固的一根纽带啊！

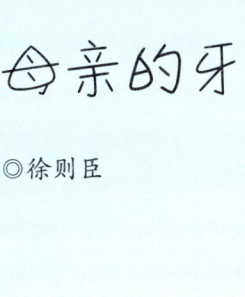

母亲的牙齿

◎ 徐则臣

小时候我总担心母亲丢了，或者被人冒名顶替。每次母亲出门前我都盯着她牙上的一个小黑点看，看仔细了，要是母亲走丢了，或者谁来冒充她，我就找这个小黑点，找到小黑点就找到了母亲，那小黑点是两颗牙齿之间极小的洞，笑的时候会露出来。

母亲每年要去一两次外婆家。出门前我就盯着她牙上的小黑点看，如果回来的是另外一个人，就算她长得和母亲极像，我也要看她牙上的小黑点在不在。

很多年后我常想起那个小黑点，我对它的信任竟如此坚定和莫名其妙。我确信只有我一个人注意到它，它是一个人是我的母亲的最可靠、最隐秘的证据。我的确从来没有告诉过别人。

后来我年纪渐长，事情完全调了个个儿，总出门的是我，念书、工作、出差，我离我的村庄越来越远，进入世界越来越深。与此同时，母亲开始担心我在外面的安全和生活。我不知道她是否像我小时候那样，需要牙齿上的小黑点来确认一个人的身份，不过可以肯定的是，母亲总是比儿子担心母亲更担心儿子。

我长大，那个小黑点也跟着长，我念大学时黑点已经蔓延了母亲的半颗牙齿。我跟母亲说，要不拔掉它换一颗。母亲不换，不耽误吃不耽误喝，换它干吗？

前两年某一天回家，突然发现母亲变了，我在母亲脸上看来看去：黑点不在了，换成一颗完好无损的牙齿。母亲说，那颗牙从黑洞处断掉，实在没法再用，找牙医拔了后补了新的。黑点不在，隐秘的证据就不在了，不过能换颗新的究竟是好事。只是牙医技术欠佳，牙齿的大小和镶嵌的位置与其他牙齿不那么和谐，在众多牙齿里它比黑点还醒目。

我说，找个好牙医换颗更好的吧；母亲还是那句话，这样挺好，不耽误吃不耽误喝，换它干吗？能将就的她依然要将就。别的可以凑合，但这颗牙齿我不打算让母亲凑合。它的确不合适。我在想，哪一天在家待的时间足够长，我要带母亲去医院；既然黑点不在了，应该由一颗和黑点一样完美的牙齿来代替它。

听完"再见"再说"再见"

◎谷 煜

那个周末,因为加班,我告诉爸妈我会晚回去,让他们先吃饭。然后,我匆匆挂了电话。回到家,爸爸还在桌前等我。见我回来,给我盛好了饭,看着我吃。我看看他,笑了:"爸,不用看着我了,你去客厅看电视吧!"

爸爸突然有一点儿无措:"没事,刚才在电话里听你那么急,不知道你有什么事,我担心呢!看你这样吃饭,我就放心了!"

"怎么了?"我抬头看爸爸。他抬起手,不好意思地摸了摸头,说:"你打完电话也不和我说声就挂了,我以为你还有事情。等了半天,才发现你那边已经没声音了……有几次,你妹妹打电话也这样,似乎还没说完呢,就没声音了,我总怕有什么事啊。是我耳朵不好了吧……"爸爸边吞吞吐吐地叙述着,边起身搬起凳子,说:"没事,没事,你吃吧,你吃吧!"

我听着,一言不发,如鲠在喉,突然想哭!

这让我想起了自己的一些经历。一次,因为工作,我有事请人帮忙,硬着头皮给对方打了电话。对方很不耐烦地听完了我的叙述,说:"好了,好了,明天上班你把方案拿给我看一下吧。"

好的。谢谢您,再见!我是想这样说的,可是"再见"还没有说出口,耳边就响起一阵"嘟嘟"声。当时,感觉自己的脸好一阵发烫,尴尬得不知如何是好。我那真诚而谦卑的"再见",随冷风远去,心里还很不是滋味。

今天,听着爸爸的担心,我的自责一阵阵涌上来,我也曾因为没有听到"再见"而耿耿于怀,可是自己呢?对年迈的父母,却不曾想到,他们那颗心,总是在听到儿女说"安好,再见"后,才会放到肚子里的啊!

其实,不说再见,抑或不等你说再见,都是无心的,更不是有意的伤害。可是,这无意之中的事情,却让一颗疼爱的、真诚的心,有了小小的失落。这失落,也许会在不经意间伤了爱你的人的心,也许会在不经意间丢了一份属于你的订单,更也许,会在不经意间让你的形象大打折扣。所以,无论多忙多急,还是听完"再见",再说"再见"吧,就从给爸爸妈妈打电话开始。

家宴的仪式感

◎苏晓漫

我出生在一个"吃货"家庭，很多深刻的童年记忆都围绕着一张张热闹的饭桌。

我姥爷和姥姥都特别爱热闹，那时每天都会摆流水席，让他们的弟弟妹妹和子女们随时来家里聚餐；爷爷和奶奶也很好客，几乎每晚都有爷爷的学生带着家属来家里吃饭。对我而言，"团圆"和"聚餐"从我很小的时候就已经有了密不可分的关系。

20世纪80年代，我爸妈带着我来到了英国。刚到的时候人生地不熟，每顿饭只有我们一家三口，比起家乡的大家庭真是冷清了不少。妈妈为了让我们找到更多"家"的感觉，煞费苦心地用当地食材为我和爸爸烹调老家的美食。

离开中国后第一次回国探亲，那时我已经六岁了。

虽然当时年幼，但我至今仍记得分开那么多年之后的第一次家庭聚餐，那满满一桌的家乡美味，爸妈的激动和大家庭的温暖。因为知道很快又要分离，回国那段时间的每一次家宴都多了一份以前没过的仪式感。

后来爷爷和姥爷相继去世，爸妈把奶奶和姥姥接到英国与我们一起生活。

这种一家三代在一起生活的日子到现在已有近20年了。

如今我工作繁忙，与家人又没有住在同一座城市，家庭聚餐的机会越来越少，每一次相聚也就变得越来越重要。

我很喜欢的一本书叫《遮蔽的天空》。其中有一段话大概意思是，虽然每一个人都知道自己的生命是有限的，可是因为他不知道自己的生命到底在哪一天结束，这反而给他带来了一种无限的感觉。

可是每一件事发生的次数毕竟是有限的。

比如说，你还会再有几次回想起儿时的某件趣事，一件曾经对你无比重要的事？四次、五次？或许更少。直到有一天你真的意识到结束的到来，每一件事情，即使在以前再平凡，都会变得格外有意义。

奶奶和姥姥都已年迈，父母也在逐渐步入老年。我希望我们一家三代的团聚将有无穷无尽的次数，也会珍惜每一次相聚。

对我来说，每次家庭聚餐的仪式感都代表着我对家庭的珍视和对那一刻团聚的纪念。

微信步数的秘密

◎姜 萍

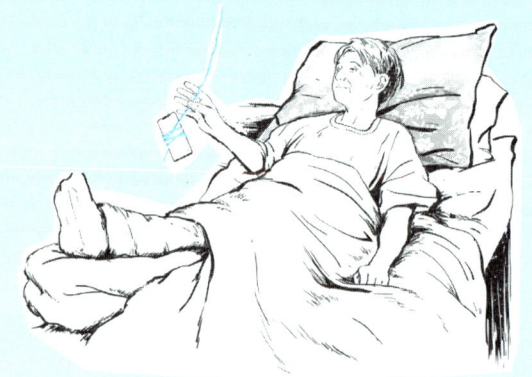

母亲喜欢走路,年轻时就喜欢隔三岔五地去赶集,一口气能走上五六里路。记忆中,她总是风风火火,见人就说:"每天动一动,少生一场病。"

每天晚饭后,她就和父亲一起绕着村子走上几圈。那时,刚有微信运动,母亲最快乐的事就是每天看看自己的排名,给亲戚朋友们点赞。

好不容易,我们都在城里立了足,安稳的日子还没过上几年,父亲却突然患癌去世了,家里只剩下母亲孤零零的。我们轮番劝母亲来城里,母亲却总是推辞,她说,自己住乡下习惯了,家里还有田地、鸡鸭,她一样都割舍不下。她打开微信运动对我们说:"看,我身体好着呢,每天能走一万步,你们忙自己的事去吧。"

一次,我加班到凌晨一点才回家,临睡前,发现母亲当天的微信步数只有两百多。第二天天刚蒙蒙亮,我就急忙给母亲打去电话,那头却传来了母亲爽朗的笑声:"傻丫头,你二姑家女儿不是快出嫁了吗?昨天我就在她家帮忙缝了一天被子呢!"我这才松了一口气。

不久前,公司接了一个大型项目,我每天忙得很,半个月都没给母亲打电话,只是偶尔看看母亲的微信步数。项目快要竣工,我们和甲方会面时,我居然遇到了邻村的朋友小萌。

一见面,我们就聊个不停。说到村里的事时,她突然问我:"兰姨的腿好点了吗?"我一愣,妈妈的腿怎么了?小萌说:"你居然不知道啊,兰姨前段时间去摘果子,不小心从梯子上摔下来了……"

我心急如焚,第二天一早就赶紧请假买票回家了。推开门,看到的一幕让我眼眶湿润了——母亲靠坐在床上,一条腿用被子高高垫起,在她的床头,一根长长的带子系着手机,她不停地推动着手机左右摇晃着,嘴里还念念叨叨:"1301,1302……"

我的眼泪忍不住流出来,母亲看着我,尴尬地笑笑,连说:"我平时可是真走的啊!这不,怕打扰你们工作……"我紧紧地抱住母亲,内心五味杂陈。

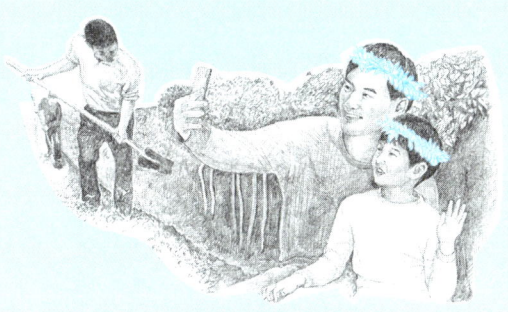

跳进同一个"战壕"

◎明前茶

早上八点，土地上亮晶晶的浓霜被冬阳晒化成一层薄薄的露水。来挖山药的多半是穿着球衣、毛背心与敞怀棉袄的中年男子。令人惊讶的是，他们几乎每个人都带着一个十来岁的孩子。而两三天之前，这些中年男子还都在外地打工。

挖掘机在山药地里开出一条长长的深沟，就像电影里被工兵挖出的战壕。大人们先跳下深沟，然后将镢头、铁铲接下去，再伸出双臂，把孩子抱下来。这可能是孩子学会走路以后，这帮农村的汉子第一次拥抱自己的小孩。双方都有点不自然，有点羞涩。

温县山药地的主人老李一边给大家做示范，一边感叹说："一年种铁棍，十年无地力。等下回我们再在这块地上收山药的时候，今天这批孩子都已经离家了，上大学的上大学，打工的打工，爹娘想见一面都很难。"

不知为什么，这话在这拨心思粗糙的农村汉子心中激起了某种隐秘的涟漪。有人拄着镢头，回味着老李的话，出了半天神。

很快，奋力干活的父亲们就出了汗，把敞怀的棉袄都脱了。等到孩子也脱下棉袄的时候，有位父亲留意到孩子的衣服，问："你怎么穿件粉色的毛衣？"男孩儿说："姐姐的毛衣洗缩水了，妈妈就给我穿了。"当爹的突然沉默了。他继续快速而卖力地起着山药，说："马上老李就会给咱们结算工钱。爹给你去买一斤纯羊毛毛线，织一件新毛衣和一件毛背心。"

男孩嗫嚅半天，不知道说什么好："爹，你鼻头上粘了泥巴，我来帮你擦掉。"孩子忘了，自己也是两手泥。好，他这一擦，父亲的脸上就像糊了迷彩面具一样，笑声挤满深沟。

他们知道，这是不可多得的一刻。因为很快父亲又会外出打工，儿子还会继续孤独成长。然而，今天这毫无芥蒂的相处，足够他们在未来的相处中，让彼此少一些陌生与怨怼，多一点战友般的情感。因为他们曾在一个"战壕"里出过力、流过汗，彼此默契地帮衬过。

四十二粒芝麻

◎顾振威

每天放学后,我都拖着饥饿的身子到村口去,双眼痴痴地望着灰蒙蒙的远处,望眼欲穿地渴望着一个熟悉的身影能闯入视野之中。

父亲到平顶山拉煤已有十多天了。生产队在每年的春夏之交都要抽调劳力去平顶山拉煤。父亲是从上海来的知青,身子单薄得像麻秆一样,苍白瘦削的脸上还架副近视眼镜。父亲递给队长一支丰收牌香烟,晃了晃并不粗壮的胳膊,嘿嘿笑道:"我不缺胳膊不少腿的,你就让我去吧!"

去平顶山拉煤是最累的活了。来回要走1000多里路,1000多斤重的煤车,全凭两条肉腿拖回来。队长不解地问父亲:"队里的人都怕拉煤,就你不怕,你到底图啥?"父亲实话实说:"图的是多挣点工分,为家里省点粮食。三个像狼崽一样的孩子,越来越能吃了,我不忍心让他们饿着肚子啊。"

队长指了指打麦场里的大青石说:"去拉煤不是去享福,得有力气才行,你能挪走那块大青石我就让你去。"父亲找了根木棍,找了块砖头,把木棍放在砖头上,轻轻松松地撬走了大青石。队长笑道:"你力气虽小,却会使巧劲,我同意你去拉煤了。"

在我焦灼万分的渴盼中,我终于看见了父亲。父亲两手架着车把,车缰绳深深地勒在肩膀上,身子弯得像弓一样。

回到家,父亲刚在板凳上坐稳,就把我抱到他腿上,又喊来两个弟弟,从怀里掏出一个烧饼,一脸自豪地说:"走到漯河车站,队长买了十多个烧饼,一人分一个。我把它分成四份,你们一人一份。"

母亲把她的那份分成两份,逼着让父亲吃掉一份。父亲把有洋火盒一般大的烧饼捧在手里,嘴巴埋在手心里,鼓动着脸颊。母亲吃了烧饼,父亲嘿嘿一笑——父亲手里,赫然躺着他那块烧饼。

"你咋没吃?"母亲不满地质问道。父亲嗫嚅道:"怎么没有吃?我吃了,整整吃了七天。"看母亲愕然得瞪圆了眼,父亲讷讷地说:"我将烧饼上的芝麻吃光了,不多不少,42粒!"

房间里极静,我那时分明看到母亲的眼里蓄满了泪水。

玩耍的大人

◎ 邓安庆

过完年,终于把父母接到我苏州的家里来住一段时间。这些年来他们都生活在农村老家,对城市生活非常陌生。

母亲天天坐在家里看电视,怕她嫌闷,我便提议去超市转转。她挽着我的手,一会儿对着一整排洗面奶问:"这些是洗脸的?"一会儿又看到各式各样的蒸锅:"这个炖鱼不错哎!这个炖藕蛮好!"一会儿摸摸羽绒被:"比我们自家打的棉被轻薄很多!不知道盖着暖不暖和……"渐渐地,我也能感受到她的兴奋。对母亲来说,这一切都是崭新的。

等我去上班时,父母就在小区周边逛,我回来后,父亲骄傲地告诉我,他带母亲去地铁站了。"我记性好得很!你怎么带我回的,我就晓得怎么找过去。"

我问:"你们坐地铁了吗?"

父亲摇头:"你妈担心晕车嘛。"母亲在一旁说:"你都不晓得怎样买票哩!"

窗外阳光和煦,我心想不如趁着天气好坐地铁去观前街玩。母亲终于坐上了地铁,也像父亲第一次坐地铁时一样:"哎哟!开得这么快!司机人嘞?"父亲一副见过世面的淡定表情:"你啊,管什么都不晓得哦!司机在前头嘞!"

观前街人潮涌动,两边店铺招揽生意的声音此起彼伏。父亲走不了几步,就要坐下休息。我跟母亲去买苏州特产,母亲像一个活泼的小女孩,趴在柜台上,看看这个,瞧瞧那个,喜欢得不行。过一会儿她又沉迷地看着商店门边推磨的假人:"这是真的还是假的?也太像了!你看看那头发、那牙齿、那推磨的手!"等买好东西回到父亲身边,母亲连说:"你快去看哪!那个人跟真人一模一样!"父亲回道:"你又瞎扯!"母亲急了,不由分说,将父亲搀扶起来。

阳光暖暖的,父母慢慢地往那家店走去,而我,坐在父亲坐过的地方,恍惚间,我觉得自己是一个看着孩子们去玩耍的大人。

捧在手心里的呼吸

◎孙建勇

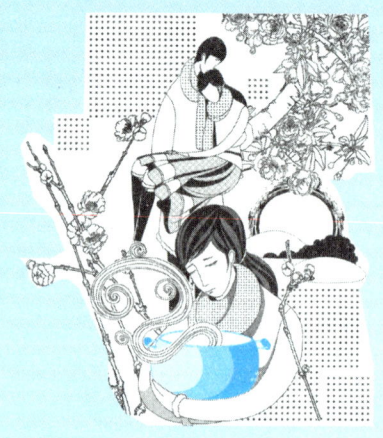

那一年，在医院里，当所有的积蓄和借款花光的时候，付敏足和王兰芹夫妇就已经下定决心，哪怕耗尽生命，也要把儿子付学朋的呼吸牢牢捧在手心里。

2006年3月的一天晚上，严重的车祸把25岁的付学朋撞成了半个植物人——呼吸中枢神经和运动神经严重受损，导致颈部以下部位完全瘫痪，呼吸只能靠插在喉部的外接塑料管辅助进行。

付敏足夫妇使用的特殊设备也许是世界上最粗糙、最简单的"仪器"：一根塑料呼吸管，一头插入付学朋被切开的气管，一头连接一个透明的塑料球——紧急救护简易呼吸球。每个昼夜，每一小时，每一分钟，每一秒，付敏足和王兰芹都坚守在儿子身边，轮流用双手捧着这个呼吸球，根据人体每分钟18次的呼吸节奏，一下又一下，均匀地按压着，帮助儿子完成一次又一次艰难的呼吸。

按压着，按压着……日复一日，永不停歇，一分钟按压18次，1小时1080次，一天25920次，一年就是9460800次！时间在缓慢而艰难地流逝，但是，家人对付学朋的爱丝毫没有衰减。此后的日子里，付学朋的两个姐姐、姐夫还有叔叔，先后都加入按压呼吸球的接力当中，用爱维持着付学朋的生命。

后来，在付学朋二姐夫的反复实验下，一台花费仅几百元的"山寨呼吸机"终于在付家诞生了——一个电动机带动一个调速器，通过一个连杆，以每分钟18次的频率挤压挂在墙壁上的呼吸球。设备虽然很管用，但是每个月的电费高达200元，王兰芹实在舍不得经常使用，她常常白天捧着呼吸球，一下接一下按压着。

这样的日子，持续了漫长的7年。7年里，他们先后用坏了6只呼吸球，付敏足夫妇的双手因为按压呼吸球而结出了厚茧，指关节发生了明显变形。7年里，付学朋的血氧量一直维持在正常水平，他的身体已经完全适应了这种辅助呼吸。

把儿子的呼吸捧在手心里，付敏足夫妇所谱写的无疑是一曲用爱呵护生命的赞歌。

劝儿离家

◎阎连科

我的妻子不是农村人,她受到的是和农村文化截然不同的教育。每次回家,打算着初六返回,初二她便焚心地急。今年过年,我独自同孩子回家了。

我牵着孩子的小手,背着行李从街上穿过。推开家门的时候,母亲正围着那条围裙,在房檐下搅着面糊。孩子如期地高唤了一声奶奶,母亲的手僵了一下,抬起头来,欲笑时却又正色,问:"就你和孩子回来了?"我说:"孩子他妈厂里不放假。"母亲脸上就要润出的喜红不见了,她慢慢走下台阶,我以为她要抱孩子,可她却只过来摸摸孩子的头,说:"长高了,奶奶老了,抱不动了。"

到这时,我果真发现母亲老了,白发参半了。孩子也真的长高了,已经到了奶奶的齐腰。我很受惊吓,仿佛母亲的衰老和孩子的长成都是突然间的事。

说话时,母亲用身子挨着她的孙子,问:"在家住几天?"我说:"过完正月十五。""当兵十多年,你还从没在家住过这么长时间哩。"母亲这样说着,就往灶房去了,小小一阵后,端来了两碗鸡蛋汤,让我和孩子吃着,自己去包了饺子。接下来,就是帮母亲贴对联,插柏枝,放鞭炮。鞭炮的鸣炸,宣告大年正式开始了。

夜里,我抱着睡熟的孩子陪母亲熬年,母亲说了许多村中的事情,说谁谁家的女儿出嫁了,家里给陪嫁了一台电视机;村里哪个人刚四十岁就得了癌症,话到这儿时,母亲看了一眼桌上摆的父亲的遗像。

来日,我早早地起床,放了初一鞭炮,领着孩子去村里看了几位老人,回来时母亲已把我的提包掏空又装满了。她说:"你明天领着孩子走吧。"我很疑惑:"走?我请了半月假啊。"母亲说:"你走吧,过完初一就过完了年,你媳妇在外,你领着孩娃回来,这是不通道理的。你孩娃和孩娃妈,你们才是真正的一家人,过年咋样也不能分开!"

我坚持着:"过完十五再走。"母亲怒了:"你要是不孝子,你就过完十五走。"

来日母亲果真起床烧了早饭,叫醒我和孩子吃了,就提着行李将我们送往镇上了。这个年,前计后算,也才满了一天,且走时,母亲交代,明年别再回了,外面过年比家里热闹。

那些密密麻麻的划痕

◎刘世河

二十年前，我还是一个稚气未脱的新兵蛋子，在部队负责放电影。当时，电影组的组长是一个广西籍的志愿兵，他不但专业技术过硬，而且笔杆子十分了得。因为我也喜欢文字，于是我们俩走得很近，便也渐渐知道了他老家的一些情况。他来自广西的一个偏僻山区，自幼丧父，是母亲一手将他们姐弟四个拉扯大。因为穷，他只读到初中二年级就辍学了，之后便遵母命参军来到部队，想通过这条路走出大山，改写命运。

部队在鸭绿江畔的丹东，离他的老家十分遥远。他每次回家都要坐两天两夜的火车，再倒两次汽车，再搭坐老乡的驴车。当时，因为担心如此舟车劳顿，怕他本就瘦弱的身体吃不消，有几个战友就劝他，反正老娘在家有三个姐姐照顾，你不如少回两趟，也好多攒些钱，以备娶妻用。

他每次听到后，也不反驳，却依然照回不误。终于有一次，我请他喝酒，他对我吐了真言。我才知道，他的母亲原来是一位盲人。刚当兵那几年，因为要努力表现，他总共就回过一次家，可就是那次之后，他才下定决心，以后无论如何每年也要争取回家两次。

原来，在他当兵走后的三年时间里，母亲因为太想儿子，每过一天就会在自家屋里的土墙上用指甲划出一道凹痕，每到一年的最后一天时，那道凹痕则划得比平日要深些。日升日落、朝来夕去，一千多个日夜里，母亲就是靠着触摸这些深深浅浅的划痕而度过⋯⋯他哽咽着对我说，当他第一次看到墙上那些密密麻麻而且排列整齐的划痕时，心简直在滴血⋯⋯

他最后猛喝了一大口酒，像是在叮嘱我，又像是在自言自语："写信报一万个平安，也抵不过跋山涉水去跟母亲见一面，亲口喊一声'娘'，再让母亲摸一摸你的手和脸。"

人生苦短，宜聚不宜散，亲人也好，爱人也罢，能多在一起就尽量多在一起，因为世人皆知相思苦，唯有相见解相思。

红皮儿酥糖

◎李烤鱼

红皮儿酥糖是很常见的花生酥。我小时候很讨厌它，觉得口感奇怪，而且用红纸包装，年代感简直要溢出来。我家隔壁的奶奶有块蓝底白纹的手绢儿，朴朴素素，长得一副贤惠敦实的样子，这块手绢很会生这种糖。

奶奶不会讲话，想说什么只啊啊地比画，我小时候莫名很怕她来我家，只要听到笃笃笃的拐杖响，我就下意识地蹿起来往床底钻。可她见不到我不会走，就那么坚定地立着等我。一定要等我从床底无可奈何地颤巍巍地冒了头，她才啊啊啊地拍着门笑，从怀里把那块儿手绢摸出来，剥开蓝底白纹的外衣，给我看里面的好东西——永远都是这种花生酥。

要说怕这些物件儿实在可笑，可我着实是真真切切地害怕。我尽量避免跟她接触，实在有事儿去她家，我就低头快速路过她的房门，装作看不到屋内她看到我欣喜的眼神。

我跟我妈说我怕她，我妈说奶奶有什么好怕的，奶奶只是喜欢你呀。

对啊，奶奶只是喜欢我，我到底为什么要怕她？我想破头也想不明白，但我就是怕得慌。这个童年未解之谜一直到奶奶走的那天才被我想明白。

我走到奶奶的遗像旁边，才仔细地看了一下奶奶长什么样子。圆圆的脸，眼角耷拉着，嘴唇肉乎乎，很多很多条皱纹歪歪扭扭地挤在一起，可爱得很。一点也不吓人。

我就从头到尾地想，我到底是在怕什么。我是怕她柔和的脸，还是怕她弯弯的眼睛，怕她看到我逃避的样子时失落的神情，怕她孤零零地在楼道里来回踱步的样子，抑或是怕她数年如一日不求回报的善意。

我怕的是承担这份被人喜欢的责任，我怕的是我对没有源头的善意的迷茫无措，我怕的是我难以给出同等厚重的回应，我怕我自己，空无一物的、蓬头垢面的、赤裸裸的自己。

在现代人的关系里，大家都把真心藏起来，更擅长点到为止，绝不给对方无端的负担和压力。谁会傻到数年如一日地给邻居家的小女孩儿送去自己唯一能拿出手的红皮儿酥糖？不过是因为她喜欢我而已。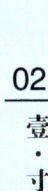

我走给你看

◎周珂银

去年初夏的一天，住在远郊养老院的母亲，上午搭乘养老院的班车赶来市区，参加一场退休教师的午餐聚会。上午10点刚过，父亲就打来了电话，嘱咐我待聚会结束后，须将母亲送到班车上，生怕她半途迷路。

接到父亲的指令，我即刻放下手上的事情，索性早早地赶到他们聚餐的酒家等着。选了一个母亲在我视线内的位置坐等，不打扰她。直至宴会结束，我尾随母亲走出酒家，出其不意出现在她面前。

母亲似乎有所察觉，却佯装吃惊，说，你怎么会来。说归说，她得意的神情溢于言表。回养老院的班车要下午3点启程，我自然要送她，母亲说没必要，她认得路。见我态度坚决，母亲忽然像孩子似的歪着头，眨巴着眼睛说，你不许作声，就跟在我后面，我走给你看。

于是，我跟着母亲进了地铁，看得出，母亲有些许紧张，每到一站都仔细看站名，生怕过了站。做了几十年老师的她，今天却像一个考试的学生，显得格外认真。刚出地铁口就听母亲边走边自言自语：应该向左拐，过一条横马路，哦，对面有一个大广告牌，再直走……她专注地搜索着自己脑海里的"导航线路"。直到望见一处停车区域，她方才松了口气，说，就在这里了。母亲上车时，转脸冲我一笑，神情得意，好像在说，怎么样，我不糊涂吧？

这似曾相识的一幕，陡然让我想起三十多年前我第一次上班时的情景。那天早晨母亲向单位请了假要陪我去，我们母女俩乘上了公交车，下车后，我说我认得路的，让母亲赶紧去上班。母亲却说，不着急，你走给我看，我在后面跟着。当时的我也是这般认真而又紧张地接受着母亲的"路考"，直到看见单位的门头，母亲方才止住了脚步，向我挥挥手，目送我跨进了单位的大门。

光阴不复，亲情轮回。母亲以"我走给你看"的老小孩天真，令我触景生情回眸往事，她似乎有意无意地提示我，她想做被呵护的孩子了，我应该像当年她看着我那样看着她……

借家过年

◎曾 颖

那年，我14岁。除夕前几天，父亲就跟母亲说："今年春节，我打算向领导申请值班，从除夕到初三。"母亲坚决不同意，说："家家户户都在家团圆过年，你却要在关键的4天值班，不行！"父亲附在母亲耳边低声说了几句什么，母亲刚刚还愤怒不满的表情，瞬间变得柔和了，还高兴地点头表示认同。

父亲的计划是带我们全家一起去值班，一起在厂子里过年。父亲所在的分厂厂区在主厂区几里之外，宿舍、食堂、浴室和电视机一应俱全。我们甚至可以一边吃东西一边看电视，母亲、我和弟弟都变得异常兴奋，恨不得把那几页日历撕掉，让除夕快点儿到来。

我永远记得除夕早晨我们出发的场景。父亲骑着一辆自行车载着全家，我坐前面，母亲拎着一大篮吃食和弟弟一起坐后面。我至今都觉得很神奇，那辆自行车怎么就把我们全家给装下了呢？唯一的解释就是那时候我们都太瘦弱，而父亲的腿与腰还很健壮。

自行车碾过白霜，到达厂区后我们发现，厂区里只有我们一家人。而厂房的对面，一排小二层砖楼因为有烟囱和电视天线而显得很温馨。

我们选了电视机所在的会议室落脚，这里有乒乓球台、藤椅、沙发和茶几。父亲教会母亲使用电炉、碘钨灯和电视机之后，就去巡视厂区了。母亲打开包裹，卤菜、香肠、米花糖、花生、瓜子、红豆沙、汤圆和油菜头，红红白白、黄黄绿绿地铺了一桌，在碘钨灯强烈而温暖的照射下，散发着绚烂而美丽的光泽。

做了小半辈子饭的她，第一次不用在昏暗憋屈的环境中做饭，电炉里通红炽烈的炉丝发出的热量，比灰黑的蜂窝煤炉里发出的火光强烈得多。遗憾的是，会议室里没有炒锅，不能展示她炒菜的手艺，只能用腊肉、香肠炖一大锅汤，往里加萝卜、白菜、豆腐，还有粉丝，边吃边捞，形似乱炖。母亲乐呵呵地说那是火锅。

我们在借来的会议室里过了一个梦幻般的新年，一切都是借来的，唯有我们的快乐不是。

儿女家的"外省人"

◎ 郭韶明

从前我们说，父母在哪儿，哪儿就是家。今天我们站在父母的角度，说说儿女在哪儿，哪儿也是他们的家。

其实，我父母的观念是，你有你的生活，我们有我们的生活。可是随着事情的变化，老爸老妈进京的次数日渐增多。比如，外孙女生病。孩子的病如同夏天的雨，来得快去得也快，虽然我们都知道这个道理，但我爸我妈经常耐不住过程中的煎熬，你刚挂了电话说没事没事，他们第二天就到了。

再比如，他们的身体出了问题。老人患病总是遮遮掩掩讳疾忌医，等你清楚病情的时候，通常已经到了要进手术室的地步，于是你发着脾气订好车票，催促他们尽快过来确诊病情。

在这些回合中，老爸老妈突然意识到自己一年居然要在北京待上大半年。当然还有基于各种原因的"被逼无奈"，各种状况的"不得不留下来"。

总之，你慢慢发现，这个城市里装满了口音各异的父母。他们相约去超市买菜，在楼下碰到一定不忘交流当天的市场行情。他们在某一特定的时间点去公园跳舞，俨然一种大规模的露天聚会。他们聊天的内容多是儿女、孙辈，或者即将降临的孙辈。

在我看来，这些身在儿女家的"外省人"，有一种十分难得的精神气质，那就是明明不那么喜欢这片土地，但仍然保持着热火朝天的生活状态。这座城市里有太多跟着老板的指令选择居住地的白领金领，没准儿哪一天，老板一纸调令或者一个许诺，他们就被空投到了另一座城市。我相信，他们的父母一定会紧跟其后，重新开始适应另一座城市。

相比而言，我们这一代做了父母就显得有些自私。我们也会讨论将来要不要生活在儿女的身边，同一座城市，同一个小区，保持一种有距离的亲近。讨论的结果是，没人愿意放弃自己的生活，自己的圈子。而所有这些身在异乡却义无反顾的父母，他们最大的愿望，其实特别简单，那就是儿女在哪儿，哪儿也是他们的家。

我们越长越大，父母却越长越小

◎肖 遥

我驱车载着爸妈前往一个楼盘。置业顾问热情地围着我们转，像导游一样介绍整个小区。我爸对看房的积极性很高，但关注点似乎有点儿偏，他一个劲儿地问置业顾问："这房子的地基要打多深？"对方被他问得一头汗，结结巴巴地回答："叔叔，我可不是搞工程的……"他几十年前的职场角色已然上身，认真地叮嘱这位年轻人："请你问一下搞工程的，这地基打了多深，回头给我回话。"态度不容置疑。

我妈则截然相反。置业顾问起劲地介绍楼盘附近规划的地铁和商业设施，我妈却在一旁嘀咕："最好别发展起来！"她才弄不清楚房产增值全靠周边设施的规律，只觉得那种空寂辽阔的自然风景是最美的。后来，她竟然靠在售楼部的长沙发上睡着了。

总而言之，我爸妈对买房毫无兴趣。他们一听到看房结束便如释重负，兴高采烈地说："那咱们去山上摘柿子？"我嘴上说"陪你们玩儿去"，心里却在紧张地计算着："如果买下刚才的楼盘，首付款还差多少……"

下午爬山时，我不断地发微信与置业顾问讨论两个楼盘的性价比，我爸却在一边不停地催我："别玩手机了，赶紧去摘柿子呀。"一瞬间，我恍然觉得我爸变成了小孩子，而我竟然成了那个忙"重要事情"的大人。

我父母在这个年龄，对体能和力量变得既畏惧又向往，他们特别热衷于锻炼身体，也很自豪于能坚持早起，以自己的方式对时间宣战。

我们越长越大，父母却越长越小，时间在对我们施展残酷的魔法。当我把角色代入后反而释然了，在时间面前，我们都是脆弱而渺小的。哪有什么大事情？哪有比陪伴亲人更大的事情？我在山上跑，感觉浑身充满力量。一回头，父母落在后面，正在吃力地追赶。

我站在原地等待父母，决定不再关注手机。我对着他们喊："你们别着急，慢慢来，有我在！"

远离塌缩的生活

◎ 明前茶

同事小庄刚给80岁的老父母买了扫地机器人。父母一开始对这个圆头圆脑像体重秤一样的白色小家伙嗤之以鼻，老母亲说，扫地还要用电，多浪费啊，我一把扫帚可以用十年。

小庄花了一个双休日，教他们用法。还真别小瞧80岁老人的学习能力，不到一个星期，腰腿疼犯了好几年的老母亲就已经离不开"小白"了。小庄回娘家时，父亲嗔怪母亲对"小白"的亲昵超过了他。一大早，母亲就起来"遛""小白"，而"小白"也像个蠢萌的娃儿一样跟着她，去客厅，到厨房，会绕着桌脚转弯，会钻到沙发底下吸尘。老母亲有时顽皮，伸出脚去拦住"小白"，"小白"娇嗔地发声了："是什么拦住了我的去路？快来帮帮我。"

这下，连吃醋的老父亲都绷不住笑了。

小庄记得一句话："任何认定长辈理应待在自己逐渐塌缩的圈子里，靠老经验勉力支持生活的想法都是错误的，活下去的兴致在于不断开拓与学习新技能。作为儿孙，你要推动他们离开塌缩的生活圈子，正如他们当年推动你离开襁褓一样。"

文英去年开始亲自为老父亲编写制作视频的教程，她的办法是画图，每一步都把要点截屏保留，然后用A4纸画下来。虽然一开始，文英对父亲的剪辑技术憋着一肚子的笑，因为这笨拙的翻页技术，这夸张昂扬的配乐，活脱脱是20世纪80年代的布景与格调呀。

但文英终于耐住性子，像小学时代的班主任一样鼓励老父亲。她把改进意见用红笔写在自己的视频教案上。父亲毕竟70多岁的人了，忘性大，但文英总觉得，父亲好不容易鼓起少年不服输的心气，理应得到赞许和鼓励，而不是被粗暴地轻视。

她的努力见了成效。如今的老父亲穿西装戴礼帽，窄腿裤的裤脚像年轻人一样挽高，皮鞋锃亮，数码相机永远挂在胸前。他绝不承认自己老了要向这个世界服输告别。整个春夏他都带着母亲在外面拍花，打算做一个赏花专辑给自己侨居国外的老同学们瞧瞧：你看我这种自信派头，在咱这个岁数也算万里挑一。

那个教你说话的人，正在等你给她打电话

◎槽 值

某一期《见字如面》的主题是"生死"。其中，黄志忠读了一封信《对不起，妈，我生病了》。这是华南农业大学患白血病的研究生李真写给母亲的一封信。信中，他提到了自己治病的种种经历和家人的付出。信的最后，李真写道："无母不成家，为了这个家，您得保重好自己。""愿您能收住泪水，笑看过往。因为我只是换了方式守在您身旁。"

本以为自己这个年纪已不会再随意哭泣，看完却已是泪流满面。夜里10点了，出租屋外万家灯火，我才想起已经快半个月没有给家里打过电话。拨通电话，妈妈一秒就接起，有些吃惊却依然温柔："这么晚了，宝贝有事吗？""没事，就是想你们了。"

任时光匆匆流去，青丝变白发，感激和爱，我不舍得留在最后的时光才说出口。所谓父子母女一场，只不过是渐行渐远。年轻气盛的我们心里装着千百桩事情，千百种想法，但父母最在乎的，不过是一个你。上大学时，我一直是保持一周给家里打两个电话的频率。有时候一个人很无聊，或者遇到什么新鲜事，都会想给父母打个电话，大多数时间都是我在诉说，他们听着。

毕业后，我独自在北京打拼，时间不再充裕，烦心事更多了。跟父母打电话的频率越来越低，从一周两次，每周一次，到大半个月才一次。后来有一天，我的微信上接到一个好友申请，点开一看，竟然是我妈。我很吃惊，一直只用老年机的她竟然也开始用微信了。她听说现在年轻人都用微信，几乎不打电话了，所以换了新手机，想要跟上我的节奏。因为我们长大了，父母努力靠近，我们却无意中把父母推开。

季羡林在《我的母亲》中说："直到耄耋之年，我仍然频频梦到面目不清的母亲，总是老泪纵横，哭着醒来。"而人到了一定年纪，才发现很多苦苦追求的东西都如梦幻泡影。精力、梦想、欲望、物质，还有亲人，都会像梳子豁了齿一样，从手中滑落。

不要吝啬那点时间，不要嫌弃妈妈的唠叨。那个教你说话的人，正在等你给她打电话。

我哭着打了一个视频，24小时后妈妈来北京了

◎ 刘小念

春天，在北京万物复苏的季节里，我却越活越无助。白天在单位紧张忙碌，可一回到出租屋就不想动。有时瞪着天花板，突然就泪流满面。

一个周六，爸妈例行跟我视频通话。可是，也不知怎么，我一边说一边掉眼泪。不记得那天是如何挂断视频的。只知道，第二天中午，我妈给我打电话，说她到我单位楼下了。

昨晚接完我的视频后，她连夜启程，从老家吉林舒兰农村风尘仆仆地赶到北京。那天，我请了半天假，带我妈一起回出租屋。杂乱的房间顿时清亮起来，餐桌上很快有了两菜一汤。我妈从始至终没提一句我昨天为什么在视频里哭，只是在吃饭时说了一句："吃饱肚子，过好日子。"

此刻，感觉老妈来了真好。至少让我突然有了食欲，觉得出租屋有了家的味道。我一边吃饭，一边问我妈："这次来打算住多久？"妈妈说："住到你烦我为止。只不过，我是事业型女性，可不能在家吃闲饭，明天我就出门找工作去。"

第二天晚上我下班回到家，她就告诉我，她找到工作了。给小区里一对老夫妇做早中晚三顿饭。最让人意外的是，我妈工作三个月后，居然有新的工作找上门来。工作是菜场肉摊的叔叔介绍的，一家大型超市想招牛奶促销员，他当时就想到我妈。

面试那天，我就站在不远处看着我妈实习。出乎我的意料，一进入人群，她的社牛症就发作了。走过路过的，她都能跟人家说上几句。没人的时候，她就扯着嗓子吆喝。我当时心想，像我妈这种有眼色，不惜力，主人翁意识超强的人，我要是老板，我也招她。

果不其然。两天后，我妈被通知去办入职手续。朝九晚五，一个月休四天，还给买保险。去超市上班，小区里那对老夫妇也舍不得她，一番商量过后，他们表示我妈可以在早晨把一天的饭菜给备出来。就这样，我妈变成双职双薪的事业型女性。这也让我迅速振作起来。

几个月后，妈妈回老家了。她觉得我已经完全康复，具备在北京单打独斗的能力。我人在北京，一想到老家的她，就觉得内心开满了太阳花。

贰·情深缘浅

开卷有"意"特别复刻
2014年10期
·卷首语·
《意林》

且行且珍惜

◎佚 名

《辞海》:"看山思水流,触景进乡愁,问君意随流,绵愁几时休,念己勿念欲,行己知行义,相离莫相忘,且行且珍惜。" 其中"相离莫相忘,且行且珍惜",意指请不要忘记一起走过的日子,不管走了多远,都要珍惜曾经一起度过的岁月。遇见,注定一生牵挂!在一起,更需珍惜,把它当作最美好的时光。

妈妈也想妈妈

◎积雪草

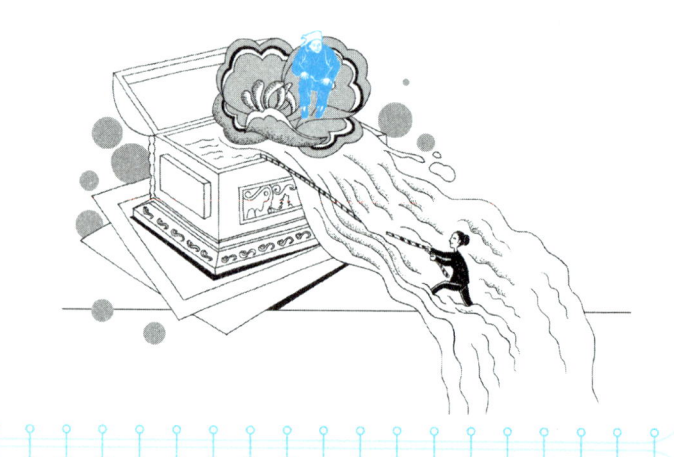

母亲有一只檀香木的首饰盒,小小的长方形,有一本书那般大小,上面像浮雕一样凸起层层的花饰纹路,看上去古色古香,精巧雅致。母亲一直像宝贝一样珍藏着这只首饰盒,把它藏在家里柜子的底层,不会轻易拿出来示人。

第一次发现母亲有这样一个宝贝是她6岁那年,那天晚上她看见母亲对着一只好看的小盒子发呆,眼圈红红的。母亲看见她探头探脑,吧嗒一声把小盒子关上,送回到柜子里。第二天,她趁母亲不备,偷偷地翻出那只首饰盒,令她失望的是,首饰盒竟被一只金黄色的小锁锁住了。因此她对这只木头盒子里的东西更加好奇了。

第二次看见母亲对着那只檀香木的首饰盒发呆时,她已经16岁了。那年父亲因为一场大病,住进了医院,家里变得清冷静寂。父亲住院,不但花光了家里所有的钱,而且母亲天天跑出去借债,看人家脸色。母亲回到家里,对着那只木头盒子发呆,暗自垂泪。

第三次看到母亲紧紧地抱着那只檀香木的首饰盒,是她26岁那年。在她要做新娘的前一夜,母亲拿着亲手做的红绫被、锦缎褥,唉声叹气。她拥着母亲的肩,笑嘻嘻地说:"嫁了人还可以回来看您,干吗这么伤感?"母亲咧咧嘴,勉强笑了一下,转身去柜子里抱出那只首饰盒。母亲说:"现在我把它送给你,算是陪嫁。"

她抚着那只光洁雅致的首饰盒,心跳如鼓,盒子里的内容让她猜测了多年,谜底现在要揭开了,难道母亲要把她珍藏了一生的宝贝送给自己?母亲轻轻地打开首饰盒,里面只有两张已经泛黄的两寸照片,一张是外祖父,一张是外祖母。

谜底揭开,她唏嘘不已。原来母亲也想念她的母亲,母亲也有软弱的时候。家中每次遇到重大变故的时候,母亲都会把这两张小照片拿出来看看,看了照片,她就会变得坚强。那份亲情,是母亲生活的全部信念和人生的养分。

七十二本存折

◎ 麦 家

朋友姓骆，叫其父为骆父吧。骆父瘦，腿长，更显瘦，杆子似的。骆父年轻时在石灰厂做工，双肺吃足尘灰，年纪轻轻，落下慢性支气管炎，未及中年，已同老人一样虚弱。但他一路蹒跚，跟跟跄跄，挺到八十四岁，全村人当稀奇讲。

骆父的寿命一半是儿子花钱保出来的，一半是他自己用脚走出来的。医生建议：肺不好，用脚呼吸。他持之以恒，不论严寒酷暑，只要出得了门，绝不在家里，从不懈怠，也得到好报。

但病肺终归不饶他，2016年终因肺衰竭，撒手人寰。医生说老人家的肺像老透的丝瓜瓤，只剩网状的筋络，这样一对肺能活到这年纪，是奇迹。奇迹是儿子的孝心和父亲的双脚联袂打造的。

整理遗物中，朋友发现父亲房间里，有一只抽屉被牢牢锁着：一把明锁，一把暗锁，双保险。四方找，找不到钥匙，只好找刀钳帮忙。撬开看，小小的抽屉里塞满五花八门的存折，有的黄，有的红，有的蓝；有的新，有的旧，有的破；有的只是一页纸，是最老式的存单。数一数，总共七十二本（张），少则几千元，多则几万元，大多是一万元整数，累计八十三万多元。

他瘫坐在父亲床上，足足一下午，都在流泪、心痛，好像每一本存折都是一本令人心碎的书。存折有的已经存放二十多年，变色，发霉，房间也已经空落半年之久。

我曾陪朋友去他父亲日日行走的路线走过一趟，走得饥肠辘辘，看见一家野菜馆，便去就餐。菜端上桌，我们举杯。朋友举起又放下，流出泪，捂着脸出门。我知道，他一定是想起父亲每天带着干粮走在这路上，就觉得没脸吃。

一荤一素一碗饭，按三十元一餐计算，一年是一万多，二十多年是将近三十万元。八十多万元就是这么节约出来的。天下父母都这样，宁愿自己苦着累着，也要对子女道一声岁月静好。

一生缘分，我不难过

◎一把青

就在两个月前，奶奶还每天在外奔忙，我们都说她像关不住的鸟。去超市、逛菜场，她骑着三轮车，把一天安排得满满当当。她心态年轻，吃的用的都与时俱进，70多岁还去美容院做脸。80岁大寿，她也学别的老太太添置了个金手镯，却收在抽屉里，一天也没戴过，"等我老了再戴"，她总这么说。她的母亲活到了99岁，而她的计划是活到100岁。

慷慨又热心，是她的一贯作风。她心灵手巧，一台蝴蝶牌缝纫机做遍了全家人的衣服；南瓜饼、麻辣汤、茴香豆、干切牛肉……她吃一次就会做。有时候回想，她也许并非对烹饪多有兴趣，不过是为我们忙。

她是不愿意把关心和爱护挂在嘴边的人。爷爷去世后，她连葬礼扫墓都没去，说墓碑上刻着自己的名字看着害怕，爷爷的衣衫鞋袜，却一件不让扔。奶奶有想到死亡将至吗，还是揣着明白装糊涂？她指着街边的自行车念叨："人不比东西，一辆自行车放在那儿能一直放着，人说没就没的。"

人说没就没的，而奶奶爱恨浓烈的一生，定格在了85岁这一年，百岁大计，她食言了。

最后几天，她24小时里只有几分钟清醒，夜深人静时我偷偷起床，在她床前发表几小时的演讲，从我小时候她带我做蛋糕、批发冷饮开始，细说成长记忆，讲着讲着不禁垂泪，委屈地抓着她的手说："我特别难过……""不要难过。"她却对我说，我甚至怀疑是出现了幻听，"你是不是让我不要难过？"她点点头，眼神却已望向一片遥远的苍茫中，接着我拿小汤匙喂她水，"谢谢哦。"她又说，我破涕为笑，撒娇地怪她："都什么时候了，你还谢谢我。"

"谢谢哦"，是她在人间给我留下的最后一句话。这是多么美丽的事啊，一生缘分，我不难过。

随文笔记

春光从不问

◎卢十四

清明时节雨纷纷，我这次清明节回老家却赶上阳光灿烂的好天气，运气不错。

正站在家里阳台上晒太阳，突然看到隔壁单元一楼的王奶奶在院子里晾衣服。我心头一动：好几年没见到她，她身形佝偻了不少，动作也迟缓了很多。

我回到房间里问我妈："隔壁单元的王奶奶，今年高寿？"

"一百岁了。"我妈的声音里透出敬意。

我和这位王奶奶虽然做了多年邻居，但没打过交道，仅限于路上遇到时叫一声"奶奶好"。王奶奶比我外婆大将近十岁。我外婆的耳朵不太好，但王奶奶天生高嗓门。一位七十多岁的老奶奶和一位八十多岁的老奶奶，就这么一聊好半天。

前年我回家的时候，和我妈路过一家敬老院。我妈说，王奶奶前不久在这里住了大半个月。从敬老院回来之后，王奶奶赞不绝口，对我妈说敬老院饮食、住宿条件都很好，处处有人照顾，工作人员也都和气周到。她又问："好久没见你妈妈了，她还好吧？"王奶奶不知道，我外婆已经在2014年的冬天去世了。

屈指一算，我外婆享年九十多岁，王奶奶也确实该有一百岁了。今天再次见到她，我有些惊喜：咱们楼里竟然出了位百岁老人，整栋楼的人仿佛都沾上了福气。她明显老了，但依然能自己在院子里晾衣服。我不禁想对她喊一声："你老人家身体好哇！"

听妈妈说，在王奶奶四十九岁那一年，王奶奶连续失去三位至亲。当时已年近半百的她，又怎么想得到自己还将在人世间继续行走五十多年呢？

在清明时节，偶尔遇到这样的艳阳天。草木尽绿，碧空如洗，春日的阳光第一百次洒在王奶奶身上。天地不仁，草木无情，春光从不过问人间的生老病死。我们却不能不年复一年在春光中陶醉。

50% 的亲情

◎ 清香木

父亲去世后,照顾继母的责任落在了我和哥哥身上。继母提出每年跟我和哥哥各住半年。我们觉得这是最佳方式。我喜欢和她一起住。有她在,原本杂乱的家一切都会井井有条。

继母的全部行李,只有一只手提皮箱,有些老旧,却被她保养得很好。家里有给她准备衣柜,可她总是把整个手提箱塞进去,好像随时拿起包就可以出发。我隐约觉得她的态度极似住旅馆——我们去旅游时就是这样一个包。难道她准备随时离开?抑或,她从来没把我这里当成自己的家?有时我也想劝她,东西全拿出来放柜子里吧,那样我才会觉得您是想安心地住上一阵子。可我又猜疑我是多心了,毕竟,每个人有自己的生活习惯。

继母在我和哥哥家轮番住了15年。去年冬天,她去世了,丧事是在哥哥家办的。我住在她原先睡过的房间,我在屋里甚至找不出一丝她住过的痕迹,只有她留下的一个枕头和一床被褥。我嗅了嗅,一股洗衣粉的清香。她的遗物也少得可怜。当初的房子在父亲去世后她就卖了,钱分给了我和哥哥,于是这十几年里,她拥有的就是几身洗得发白的衣服、洗漱用具、常年带在身边的枕头,以及一个布包包着的文件夹。其中有一张是1970年的结婚证,照片里她还很年轻,头微歪,想靠到父亲肩上去,却又有些羞赧。

那个手提皮箱的内层破了一个洞,被她细心地补过,洞的上方有一行小字:给凤之。那是父亲的字,有一种年深日久的模糊。

多年来她早已待我们如己出,可是因为没那层血缘关系,她无可依仗,所以小心翼翼,生怕给我们带来麻烦。对她而言,只有爸爸是她的亲人,那个行李包不仅是爸爸给她的礼物,也是她小小的家,她随时可以带上这个"家"去找爸爸。

我给继母穿上一身她的旧衣服,哥哥把单薄的她轻轻抱起,我低低地念:"妈,咱们回家。"

怀念的时候不说话

◎丁一晨

早晨起来，一杯蜂蜜水下肚，我在迷迷糊糊中打开冰箱，拿出每天都要吃的辣酱，忽然发现，瓶子空了。我的第一个念头，就是打开手机，想给姥爷打个电话，让他给我再做一瓶。电话刚刚拨出，我忽而想起，姥爷已经走了半年了。

一股巨大的失落感袭来。亲人去世的感觉，就像饮一杯红酒，开始不醉，可后劲儿太大，需要好长一段时间来解这杯愁酒。

姥爷是我生活的一部分，可这一部分，就像用刀硬生生剔去身上的一块肉一样，从我的生活中剔除了。那块肉就这么掉了，我还没反应过来，血就汩汩地流了出来。后来的疼啊，那才叫难受。等伤口愈合，结痂，好了，那也是我终于承认这个人离开了。

姥爷的忌日，家人总要烧一些他平时穿的衣服、牙刷、刮胡刀……这个老规矩，只是让我们活着的人，不会睹物思人吧。人走了，就真的走了，他的衣服、他的鞋帽、他曾经的生活用品，倒不如一并烧了，了却相思。

在我们人生短短的几十年中，会有不同的人，以不同的方式离开我们。老人们只能陪我们二十余年，父母呢？二十岁的我羽翼丰满了，就离开家有了自己的生活。其实，人生大部分时间，都是孤独的。

后来，我再也梦不见姥爷了，我曾怀疑自己是否真的把姥爷忘记了，也抱怨姥爷狠心，都不肯进我的梦里。其实啊，生活每天更迭着，每天都遇到新的人、新的事，不停地冲击着我们的眼球和记忆。直到我们把他淡忘，提及他时，只是一声长叹，到后来，连我们这些记得他的人都不在了，这个人，才是真真切切地从这个世界上消失了。我那份悲伤，散开在这茫茫宇宙中，就像一粒尘埃，是那么渺小。人在它面前，是那么微不足道。我的新书快出版了，姥姥说，烧一本给姥爷看看吧。我说，不烧了，姥爷的老花镜还在家里呢，我等着他来拿的时候把这本书读给他听。

随文笔记

我偷看了奶奶的日记本

◎酸酸姐

奶奶的名字叫瑞华，现年72岁，文化程度是小学毕业。很偶然的机会，我在奶奶床头柜第二层抽屉里的一堆针线下，发现了她的日记本。在这个日记本里，她是那样鲜活。

日记本里夹着许多封永远也不会寄出去的信。她在我20岁生日那天给我写信。她写道，"人生最多就是5个20年"，然后就像怕来不及一般，一口气写完了她对我的人生剩下4个20年的不同祝福。信的末尾，她写下对我的终极祝愿："20年前的今天我欣喜，20年后的今天我欣慰。最后希望你：自尊自爱，自强自立。"

偷窥到这篇"生日祝福"时的我，早已过了20岁。我努力回想却怎么也想不起，20岁生日那天，我有没有给奶奶打一个电话。

日记本里，她写自己回忆里的家乡和童年，她写的句子有时很朴实："家乡美得让两岸的姑娘拌嘴，能力欠缺的小伙也能娶上媳妇，至今没有一个光棍。"有时却又文绉绉起来："我的故乡有说不尽的美，有我的青春流淌过。二十几年前无奈地离开了你，让我至今依然后悔。"

她写自己终于舍得放下母亲逝世带来的痛："由（尤）其是我母亲，直到去年我才想通了，我都要进坟墓了，又何苦这样继续折磨自己呢！"她写到自己越来越难入睡，仿佛能感觉到自己的生命正在流逝："尝试入睡的时间比入睡的时间长，睡着了立刻就醒了，不知道身在何处，不知道自己为什么活着。"

我拍下奶奶的这些日记，哭着在手机备忘录里写：不要忘了，奶奶远比你想象的要寂寞。当我偷窥了奶奶的日记后，我开始旁观这个叫瑞华的姑娘，并且发现了她的可爱。

我领了工资带她去买新衣服和鞋子，她像个小女孩，认真挑选着颜色、花纹和款式，在镜子前转来转去。瑞华72岁了，我再也不准有人欺负她，我想把世界上最好的一切都给她。

随文笔记

祖母的留言牌

◎徐立新

抗战结束和叔叔失踪的消息是同时到达祖母的耳朵里的，但祖母不相信她的小儿子小宝战死或者走失了，她坚信小叔一定会回来。因此，每天到了全家人坐在一起吃饭的时刻，祖母都要在饭桌上多放一碗米饭，冬天吃到中途时，还要将那碗饭拿到灶上温一次，好不让它太凉了。

那时我还很小，觉得祖母每天这样做太烦，于是一天便问祖母："奶奶，这碗饭是给谁吃的呢？""你小叔呀！"祖母温柔地摸摸我的头，语气坚定，仿佛她的小儿子正在田地里干活，马上就会回来似的。

日子一天天一年年地过去了，祖母也随同日子一起，早晚都盼着某一时刻小叔能突然出现在她的面前。可是，没有。时间很快走到20世纪90年代，我所在的村子实行城镇化改造，当其他村民都陆续搬走时，祖母却死活不同意搬，她担心小叔回来时找不到老家。最后，在搬迁办同志的反复劝说下，祖母终于同意搬了。但祖母开出一个条件，在我们家老宅的地基上竖起一块高高的牌子，上面写着："小宝，我们搬家了，回来时请拨打新家的电话……"

1998年10月的一天，一名满身都是沧桑的游子出现在我们新家的门口。他说自己的小名叫小宝，是已有40年没见到亲娘的一个孩子。小叔为了不让祖母见面时认不出他，他特意穿上这套他参军时祖母亲手给他做的衣服和鞋。遗憾的是，祖母已经看不到小叔的这身装扮了。因为她已经去世了。

祖母在临终前，曾反复交代我，一定要记得定期去老宅那儿看看，别让风把那块召唤小叔回家的牌子吹倒了，也别让风雪腐蚀了牌子上的字和电话号码……因为那是指引小叔回家的路。

随文笔记

父亲在秋天枯萎

◎蔡树国

去年夏初，父亲得了胰腺癌。医生告诉我，即使手术，父亲也撑不了太久，用不了多长时间，胆汁就会顺着血液涌遍全身，身体的肤色慢慢变黄，人慢慢消瘦下来，直至死亡。我听了，没敢告诉父亲，就撒了一个天大的谎言，做了个假病历给他看。自己在心里一遍遍虔诚地祈求着，祈求那讨厌的黄色不要过早来到。

一个星期后，父亲告诉我他看不清东西了。我看了一眼父亲的眼睛，那白眼球部分像秋天里的黄，极为刺眼，更像两把尖刀，开始日夜不停地挖着谎言的围墙。我意识到，病魔把父亲攥得越来越紧了。两三天后，父亲整个人都掉进了秋天里。那讨厌的黄色就像海浪一样，一次一次淹没着父亲，一层一层染着它经过的所有。

父亲告诉我身上痒得难受，就像好多蚂蚁在爬。我告诫父亲不要用手抓，怕抓破皮肤后感染病毒，就用温热的湿毛巾给他擦洗。我一遍遍擦洗着，只希望让父亲的黄颜色变得淡一些，再淡一些。

冬天来得特别快，父亲病得更重了。他不再问自己的病情。临近春节，父亲央求我带他回家过年，我无条件答应下来。到了家，我给父亲洗了澡，这是唯一一次，也是最后一次。我看到了这片枯叶，一条条经脉露在外面，硌着我的眼睛。我的目光能穿透整片叶子，似乎看清了对面的墙壁。又逢父亲的本命年，我给父亲穿上红颜色的衣服和袜子。父亲非常高兴，因为他终于看到了自己喜欢的红色，盖住了整个新年。

新年的元宵节是在医院里过的，整个节日都充满药水的味道。几天后，父亲昏迷了。在最后的几个小时里，我紧紧攥住父亲的手，感觉父亲的身体在一截一截地凉去。父亲的另一只手，不时在胸前拍打着什么，像是要拍掉所有灰尘，又像是在驱赶着一身的秋色。

父亲走了，一句话也没有给我留下。他把自己永远留在了那个秋天里，让自己沐浴着阳光，不再寒冷。

风吹一生

◎徐则臣

　　天真的冷了，连风也受不了了，半夜三更敲打我的窗户，它们想进来。这种节奏的敲打声我熟悉，这些风一定是从我家乡来的。是唤我吧，我已经很长时间没回家了。

　　二十多年来，我目睹了来来去去的风如何改变了一个人。从我记事起，祖父一直骑着自行车带我去镇上赶集，五天一次，先在集市边上的小吃摊坐下，吃逐渐涨价的油煎包子，然后到菜市场旁边的空地上看小画书，风送过来青菜和肉的味道。那时候祖父骑车很稳健，再大的风也吹不倒。有风的时候我躲在祖父身后，贴着他的脊背，只能感到风像一场大水流过。长大了，自己也能骑车了，少年心性，车子骑得飞快，在去姑妈家的路上远远地甩下了祖父。我停在桥头上，看见祖父顶着风吃力地蹬车。祖父骑车的速度从此慢了下去。

　　从菜地回家的路上，我遇到祖父从镇上回来，第一次看见祖父骑着车子在风中摇摇晃晃。祖父不经意间被风吹歪了。祖父不再骑自行车了，我们担心他出事，不让他骑。他被风彻底地从车上"吹"了下来。不能骑车之后，祖父走到哪儿都拎着一个小马扎，他终于意识到很难再在风中站直了，风也不会让他长久地站在一个地方。风强迫他坐上了马扎。

　　城市里没有风，所有的风都来自野地和村庄。因为没有谁像野地里的孩子那样依赖风才能生长，尽管，也许同样是几十年前的那场风又回过头，把他送到了另外一个地方。

　　在城市看不到风。城市里填满了高楼大厦和霓虹灯，缺少空旷的土地供它们生息。孩子们不需要旋风，有仿真的电动玩具引领他们成长；长大之后坐在空调房间，没有风也能活下去；至于老人，使他们衰老的，是岁月和他们自己。

姥爷的秘密

◎张尼德普

我唯一一次看到我姥爷流眼泪，是他听到我妈去世。后来想想，可能相比于我失去母亲，失去女儿的他会有更多的情绪，毕竟，他认识我妈的时间，比我长久。

他认识我姥姥更久。他也从来没有和我姥姥分开过。所以前些日子姥姥走的时候，我们没敢让他知道，到了眼泪都可能击碎人的年纪，离别好像更难以承受。可是我又安慰自己，他九十五岁，经历过战争，和他的兄弟姐妹相隔万里，每次打电话都是关于离别的噩耗，可能他比我更能承受离别。

不过我们还是隐藏着这个秘密。我不知道，他是不是也在隐藏着他什么都知道的秘密。

有时候他会和我讲，你怎么还不嫁出去啊。我也不再去和他讲我一个人可以过得更好，我好像很怕和别人建立长久的承诺和联系，我在这一年有了一个暗恋的人。因为他还会讲：你嫁不出去，就还得让我养着。这句话差点让我掉泪。当时我妈走的时候，我姥姥站在医院和我讲，她要好好活着，要继续替我妈妈养我到我结婚。可就在一个轮回后的春天，姥姥就和我说了再见。姥姥埋在了我妈妈的旁边。我姥爷以后也会埋在这儿。

曾经我有事没事会骑着车到我妈那里去看她，我姥爷和我讲："她都走了，你就好好生活吧，去看她她也看不到。"但你看，即便他什么都不信，他还是要在这儿。

今天我起得很早，背着书包穿越了城区。从我家到墓地，恰好能把林佳树的Without You（《没有你》）循环播放两遍。

以前，这首歌只播放给一个人听，路的尽头也只有一个人等我。而夏天之后，我最重要的人生大部分就都在那儿了。在这段陪伴我的，只有姥爷一个人。我们只是站着，各自保守着不想被对方知道的离别的秘密，什么都没有说。

随文笔记

温馨,究竟意味着什么

◎梁晓声

参加工作后,我将老父亲从老家接到了北京。14年来的一间筒子楼宿舍,里里外外被老父亲收拾得一尘不染。有天下午我从办公室回家取一本书,见父亲和我儿子相依相偎睡在床上,儿子的一只小手紧紧揪住我父亲的胡子——他怕自己睡着了,爷爷离开他不知到哪儿去了……那情形给我留下极为温馨的印象。

后来父亲患了癌症,而我又不能不为厂里修改一部剧本,我将一张小小的桌子从阳台搬到了父亲床边,目光稍一转移,就能看到父亲仰躺着的苍白的脸。而父亲微微一睁眼,就能看到我,以及他十几条美丽的金鱼——在父亲不能起床后我为父亲买的。10月的阳光照耀着我,照耀着父亲。他已知自己将不久于人世,然而只要我在身旁,他脸上必呈现着淡淡的对生死的镇定和对儿子的信赖。

一天下午我突觉心慌极了,放下笔说:"爸,我得陪您躺一会儿。"尽管旁边有我躺的钢丝床,我却紧挨着老父亲躺了下去。并且,我本能地握住了父亲的一只手。五六分钟后,我几乎睡着了,而父亲悄然而逝……如今想来,当年那五六分钟,是我一生中体会到的最大的温馨。

后来我又将母亲接到了北京,而母亲也病着。邻居告诉我,每天我去上班,母亲必站在阳台上,脸贴着玻璃望我,直到无法望见为止。我不信,有天在外边抬头一看,老母亲果然那样地望着我。母亲弥留之际,我企图嘴对着嘴,将她喉间的痰吸出来,母亲忽然苏醒了,以为她的儿子在吻别她。母亲的双手,一下子紧紧搂住了我的头,搂得那么紧那么紧。于是我将脸乖乖地偎向母亲的脸,闭上眼睛,任泪水默默地流。

如今想来,当时我的心悲伤得都快要碎了。之所以并没有碎,是由于有温馨粘住了啊!在我的人生中,只记得母亲那么亲过我一次,在她的儿子快五十岁的时候。

随文笔记

爱的接力棒

◎张忠辉

小时候，每当生病时，父亲总会问他："想吃什么饭？"他就让父亲将耳朵贴过来，悄悄地说："当然是辣椒炒肉啦。"他在吃父亲做的这道菜的时候，会情不自禁地咂着嘴，显出大快朵颐的神情。他稍大一点才知道，父亲并不喜欢辛辣的味道。

结婚那天，他的父亲告诉他的妻子："他最喜欢吃辣椒。"她莞尔："我早知道了。"同窗四载，她怎么会不知道他的饮食习惯呢？但没人会想到，身为四川辣妹子的她竟不沾一点辣椒。

婚后，她买来了烹饪书籍，开始尝试做辣椒，他百吃不厌。转眼间，他的儿子已长大成人。儿子闲暇时，喜欢下厨房给老妈打下手。她便教给儿子如何炒菜，并特别教给儿子辣椒的几种做法。

在他儿子结婚那天，他的老父亲特别高兴，多喝了几杯酒。没想到这几杯酒诱发脑出血，老人半夜离世。喜事变成了丧事，岂料，一波未平，一波又起，他的妻子在老人走后第16天，不幸遭遇车祸。弥留之际，她留下一句话给儿子："记得好好照顾你爸。"

生命中两个亲近的人相继离他而去，他感觉天塌了下来。在那段日子里，他整日呆呆地坐在沙发上，不说一句话。儿子每天变换着花样做辣椒给他吃，昔日香辣诱人的辣椒而今对他却是食之无味，他以惊人的速度苍老。

那天下午，他到菜市场挑了最大最尖的尖椒，准备做一道辣椒肉丝。他将辣椒洗净，把里面的筋拽出来。这时，他感觉手指有点辣，在锅里翻炒时，他咳嗽不已，空气中弥漫着辛辣的味道。

忽然间，他想起了老父亲、妻子和儿子。他吃了一辈子辣椒，才知道香辣可口的辣椒肉丝，做的过程是如此艰涩，他的眼泪止不住流下来。62年来，他身边的亲人像接力赛跑一样，忍着辣甘愿为他做辣椒吃。只要生命不息，这根接力棒就会一直传承下去。

随文笔记

云上的母亲

◎不良生

母亲走的那天，是春寒料峭的三月。这一天之前，她还是母亲，我还是孩子；这一天之后，她飞天，我孤零。我知道过了这一天之后，我的人生更换了景致与轨迹，一切都将不复从前。

母亲在29岁的时候生下我，又在我29岁的时候离去。我5岁的时候她与那个我该叫父亲的人离异，带着我离开小镇，去往另一个县城。我们没有房子，二十几年来先后租住在各式各样的民居。我在纸上列出清单数了数，她带着我搬家的次数，竟有十五六次。

前年，我们最后一次搬家，从原本两间加起来不过四十平方米的平房，换到现在这样有院落有阳光的大间住宅。我们有了各自独立的房间，家里有了分配清晰的客厅、餐厅、厨房、卫生间、储物间和卧室。我们终于有了一个家，一个属于我们的家。我们在新家里一起度过了两个并不舒心的春节。然后她走了。家，变成了空荡荡的大房子。

母亲走的那天，是正月二十二。大年三十那晚，她还给我做了一顿年夜饭。那时她的身体已经很虚弱。我说我可以独自做几道菜，她还是爬起身来，执意进厨房帮忙。

这是我与母亲此生一起过的最后一个除夕夜。那天，是与母亲此生最后一场对话。弥留之际，我亲吻了母亲的脸颊。母亲说："我爱你。"我说："我也爱你。"母亲说："我最爱你。"我说："这个世界上我不会再爱其他人像爱你一样地爱。"我知道母亲听懂了这个长句子，她轻轻点头，继续躺着，不再回应，安静等候临终时刻的降临。

那个时候，她的灵魂，会不会轻盈升起，慢慢地脱离沉重苦痛的肉身，停留于一切浮生的上空片刻，俯望这一切。大抵也会有不舍，但终究是要超然渡去了。被留在凡间的人，永远无法与故人的灵魂触摸与言语，是无奈，是敬畏，也是长恨。

随文笔记

一个被动的孤儿

◎张军霞

朋友阿丽的老家在河南的一个乡村。文静秀气的她，每逢周末，总会去孤儿院做义工。一次单位加班，有人无意中问阿丽，为什么那样热衷于关注孤儿。她放下手中正在整理的文档，缓缓地说："因为我的外婆。"然后，她为我们讲述了一个故事。

20世纪60年代三年困难时期，我出生的那个村庄，每天都有饿死人的消息传出，有大人，也有孩子。那时，我的母亲还只有六岁，外公早已去世，她和外婆相依为命。没有吃的，母女俩都饿得面黄肌瘦，每天挣扎着外出找树叶充饥。

一天，女孩妮妮来找母亲，她们以前时常在一起玩耍。妮妮说："我有饭吃了，每天能吃到两顿饭，有时是豆饼，有时是野菜汤。"

外婆立刻问："你去哪儿了？"妮妮说："我被送到孤儿院去了。那里管饭呢。""快带上我们丫头一起去吧。不然，早晚会被饿死。"外婆眼睛里冒出"火焰"。"不行。我爹妈都死了，我是孤儿。只有孤儿才能进去。"妮妮认真地说。

外婆眼中的"火焰"，瞬间熄灭了。

接下来的几天，外婆挣扎着出去讨饭，千方百计带回来一点儿可怜的食物，放在母亲的面前。母亲说："娘，你也吃。"外婆就说："我嗓子痛，你先吃。"第二天，外婆仍然什么也没吃，说胃不舒服，不饿。第三天，天色很晚了，外婆才从外面回来，她拿回来的，只有半块窝头。母亲哭着说："娘，你吃点吧。"外婆摆摆手，疲惫地躺在了炕上。

清晨，母亲在饥肠辘辘中醒来，发现外婆趴在炕沿上，一动也不动，身子早就凉了。母亲成了孤儿，被送到了孤儿院。那里，果然如妮妮说的那样，每天都能吃两顿饭，不用担心会被饿死。

多年后，母亲终于明白：当年，从听说孤儿院里不会饿死人的那天起，外婆就开始绝食，她铁了心要让女儿变成孤儿……

随文笔记 ✏️

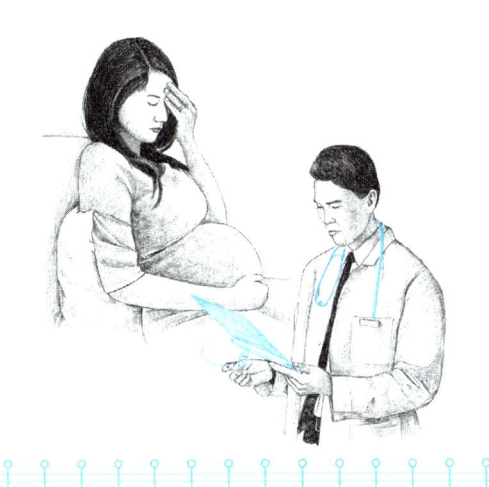

但愿为母不强

◎爱玛胡

她才二十六岁，结婚两年，头一次怀孕，已经有六个多月身孕。前几天下雨，没带伞，想着车站离家不远，也没让家人接，冒雨回家，半夜她感冒了。

那天我接诊她，她进诊室第一句话就是："我怀孕了，不想用药。"这种话听多了，我笑笑不说话。检查时直接把我吓到。血压只有70/40mmHg，心跳150次/分。来不及跟她和家人解释，我直接要了推车，联系心电图和超声科开辟绿色通道，检查结果如我想象：心电图显示室速；心脏彩超显示整个心肌蠕动，已经不能正常收缩。一定是重症心肌炎。

在护送她去重症监护室的路上，我跟她和她丈夫交代了病情。她丈夫一直说："没有你说的那么严重吧？我看她还好。"我摇头又叹气，只说："医生会再跟你们谈的。"

回到门诊继续看病，我心里一直惦记她，病情太重了，活得了吗？万一走了，家人能接受吗？下班前，我打电话给科室想了解下她的病情，护士来不及多说，只嚷着："在抢救，在抢救，主任们都在。"就挂了电话。

我想去看看，电梯里出来下连班的小护士，拦住我，唉声叹气："没有用了，别去了。真是的，到底是自己的命重要还是没出世的宝宝命重要？大家都急死了，她和她男人非不让用药，说要保证孩子的安全。拒绝签字像好玩似的。你说，孩子又没生出来，要是她命没了，还哪有孩子的命呢？想不通，想不通。"

女人首先是人，是有自我认知的人，不是为做母亲而生，不是为孩子而生。为了未出世的孩子，连自己都牺牲，搞不好就是一尸两命，这牺牲未必有价值；就算孩子顺利出生，这么小的孩子，不能没有母亲抚养。有一句话叫"女子本弱，为母则刚"，但在生死关头，我希望母亲们，尤其是准母亲们，不要逞强。

我陪爷爷预习了死亡，很浪漫

◎东七门

某种程度上，春节并不是团聚，而是一年又一年的告别。中国有句俗话叫"年关难过"——下一年，就不知还能不能再见。就像我。今年春节，我似乎已经见过爷爷最后一面了。

爷爷快93岁了，眼睛看不清，耳朵还能大体听见，他能起床走动，甚至能给自己下面条。只是，身体的零件不可抑制地缓慢停滞，于是分不清时间，感受不到饥饿，只是下意识记得：醒来了，就要吃面条。

爷爷说，他现在常看见一座山坡。他对着面前的大纸箱子说："山坡上有时候是空的，有时候小鸟在飞，有时候一些碎石头轰隆隆地往下滚动。"他指着面前紧靠着米黄色墙角的床角，手画出一条上上下下的弧线。他却感觉眼前的不是床，而是山，偶尔还有人跑来跑去，站在对面。

"怪了，只有中间这个山包在动，旁边的不动。你看，它又在跑了，这是怎么回事呢？"说着说着，他忽然惊讶，"你看，树长出来了，好几棵。上面还有条河，一片大水沟子，哗哗往下流水。"听着这样的描述，我们忽然感到一种难以形容的松弛。我笑着接话："如果我们能活到九十多岁，可能就会看到啦。"

原来在生与死的夹缝之间，还会摩擦出这样一个因残缺而浪漫化的世界。或者说，原来面对衰老与死亡，发生的也并不完全都是可怕的事。爷爷的肉体还停留在这里，眼前的半个世界却仿佛已经提前上至天堂，不再在区区人间了。

临走前，我抱了爷爷两次，像跳舞，紧拥在一起，悠悠荡荡很久。我知道，这可能是最后一次，但有什么关系呢？生命是一个圈，注定从生走到死。新生与死亡有着同等的价值。它们跟其他的生命故事一样，都只是人生花丛里简简单单的一朵，山坡溪流间稀松平常的一角，仅此而已。

随文笔记

卡在时间里的亲人

◎肖 遥

有的合影，是一场欢天喜地的庆祝，而有的合影，则是一场伤感的挽留。

几年前一大家人聚会后，有人小心翼翼地说咱们合个影吧。我妈兄妹五个神色凝重地在阳台上站好，当时大舅虽然做完了手术，但还是日渐消瘦，这也许是他们最后的合影。拍照的表弟逗他们说"肥肉肥不肥"，若有所思的他们反应过来，齐声说："肥！"夕阳的金光打在他们脸上，至少那一刻，岁月静好，他们神采奕奕。

小时候一大家人聚会，每到合影的环节几个孩子就闹得鸡飞狗跳。儿时的一张合影里，我的表情呆若木鸡，表弟则一副猪嫌狗不爱的神情，另外几个姊妹也都噘嘴耷拉脸。只有刚上幼儿园的静静，扎着一朵红纱巾绾成的大花，歪着脑袋看着镜头，乖巧可爱。

二十年后的聚会上，我们几个人重拍了那张合影。已经是幼儿教师的静静还是笑吟吟的，最有镜头感。当时没人知道，那是静静过的最后一个春节。初尝生离死别滋味的我们才意识到：有的人，只是从我们的生活里消失了，也许兜兜转转还能相遇。而有的人，却是从我们的时间里消失了，无法逆转。多希望这些卡在时间里的亲人，有朝一日，可以在另一重空间里与我们相遇。

不知和静静的事有没有关系，此后，我们几个人的性格都变了。也许同辈的离开，唤醒了我们的自我意识，大家都在用各自的方式来对抗颠沛浮沉的命运之手，对世界的态度也强硬起来。

我们的下一代，依旧不耐烦地与大人们合影。那副不情不愿的表情似曾相识，我们也终于明白长辈们不忍告诉我们的现实：合影不是给当时看的，而是回头张望时，能够看到有血缘关系的我们彼此陪伴时的慰藉依恋或相爱相杀，不得见时的牵肠挂肚。即便沧海变成了桑田，也有照片上明亮的笑容，在提醒我们曾经快乐过，爱过。

父亲的墓碑上有三张二维码

◎李在磊　胡世鑫

我们在家里平时称呼父亲都是"陆老师",是跟着他学生一起叫,就叫习惯了。我的父亲是一名文艺工作者,酷爱摄影。

作为摄影人,肯定是希望自己的作品能够流传后世。因为每一张照片,都有它的意义。所以,在他75岁那年,我给他编辑了一本画册,囊括50年摄影人生的精彩图集。这里边有很多珍贵的历史记录,比如重庆最早的长江大桥奠基,其实是有市民参与修建的,父亲的照片把市民"上工"的场景记录了下来。

父亲去世后,我就把这本画册扫描下来,选取一大部分放进二维码里,剩下的照片再慢慢整理。除了作品集,我还做了两个二维码,用来放父亲的报道链接和访谈视频。

我父亲生于1932年,2022年离世的时候,刚好90岁。他搞了一辈子摄影,到了七十多岁,果断扔掉玩了几十年的胶片相机,开始接触数码相机。刚开始很费劲,连删除键是哪一个都记不住。我教他都教得不耐烦了。不过他做事情很认真,也很有恒心,用笔记本做笔记,一个动作一个动作地记,后来他成了数码高手。之后他在老年大学教手机摄影,一直教到85岁。

大家都想不到,一个86岁的老人家,手机里边不仅装着微信、QQ、打车和点餐软件,就连年轻人都不太会操作的制图软件,也玩得很溜。

我们家的老人都把生死看得很开。在他生前,我们平时聊天,也不忌讳谈到死亡。我曾半开玩笑半认真地和他说过,我将来要把他的骨灰通过3D打印机,做成他的雕像,放在我身边,这样我们就可以不分开了。当时他对这个想法并没有表达什么异议。

所以,当我想起来在墓碑上贴二维码纪念他这个主意的时候,丝毫没有担心有什么不合适的地方。我敢说,他一定喜欢这个创意,因为他就是一个拥抱潮流的人。

天上的每一颗星都是爱过我们的人

◎刘江江

奶奶的名字叫小丑，可她长得很体面，大眼睛大脸盘，头发是自来卷，富态，洋气。春天，奶奶抄起一米长的擀面杖走进厨房，三下五除二就端出一盆过凉水的捞面条。

我爷爷脾气大，我挨过他一次打。那一年我弟过生日，家里来了好多他的同学，其间有几个女生，羞涩的我看见陌生的女孩儿就躲到了院子里。我爷爷一脚踹过来："进去！怎么这么草鸡？！"

我小时候没少跟着二爷去各家葬礼上吃席听戏看电影。他是葬礼上最忙碌的人，穿衣入殓糊车马，剪纸扯布搭灵棚，忙完这一套活，就拎着逝者的枕头来到火盆前，用剪刀拆开枕头皮，把谷稗子倒进火盆里，一股烧秸秆的味道连同白烟弥漫开来。

大伯生性豪爽，好饮广交，我成年后也曾与他有过几场酒战，每饮至酣处，大伯总能从床下摸出一两瓶"惊喜"，像个孩子一样炫耀："还有一瓶这个，别人来了不给喝，弄了它。"

2002年秋后，重病的二爷跟家里人说："赶紧种麦子！"于是，三家的麦子都种完了，二爷走了。灵堂上，个个都在夸老头儿仁义，他就是怕自己的葬礼耽误了田里的收成。2005年盛夏，我赶回家。我娘见到我说的头一句话："去看看你爷爷吧，你奶奶没了。"那个炎热的7月，我冻成了冰棍。2008年初冬，爷爷摔了一跤之后就再也没站起来，他躺在病床上几分钟喘一口气，直到见完了所有的孝子贤孙才肯闭眼。2014年元月，大伯病故，入殓的时候，表哥把他生前用的手机放进棺材，泪汪汪地说："舅舅，到了那边别换号……"围着棺材的亲人们被他一句话逗乐，转而痛哭。

故人像梦一样浮现，也只能是故人了。我逐渐意识到，原来葬礼上做的一切，都是在治愈活着的人。听说，地上少个人，天上多颗星，每一颗闪烁的星星都在跟地上的亲人说话。但愿，今夜有星。但愿，星星会闪。

随文笔记

录取通知书到了，从此故乡只剩回忆

◎安娜贝苏

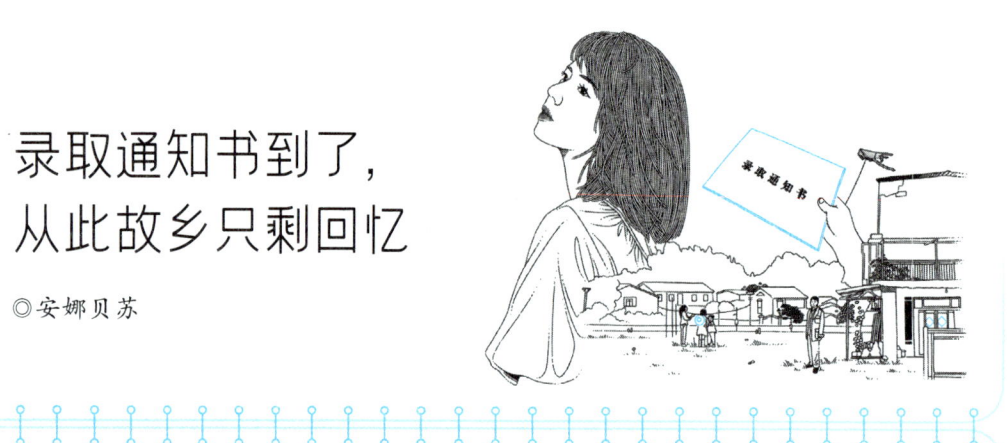

十多年前，我拿到录取通知书的那个夏天，父母陪着我一路坐大巴、轮船，来到了人头攒动的大城市。

那也是他们第一次出远门。安顿好我之后，我们在学校附近的小饭馆点了几道菜。我爸那天难得的豪爽，一口气要了好几瓶啤酒，喝得满脸通红，一个劲地念叨："我闺女出息了，考上大学了，好好干，以后就不用回去了。"

我爸的表情很是复杂，有骄傲，有不舍，还掺杂了一些别的什么东西。吃完饭，我给他们找了一家旅馆，他们执意要退，去住学校旧宿舍改造的四人间。因为不要钱。

第二天一大早，我来不及送，他们就走了。那天我爸一改往日的沉默，叮嘱了我许多。他在电话里的语气有些小心翼翼，听得我鼻子酸酸的。

直至多年以后，自己也成了母亲，才懂得我爸当时内心的复杂与不舍。他们比我更清楚地认识到了这是一场漫长的别离。

录取通知书是一张单行车票，稚子鲜有归期。你飞得越高，走得越远，就意味着，你与他们今生的缘分，越来越短，越来越薄。大学四年时光，倏忽而过。真正进入成人社会，才发现远比想象中残酷。

刚毕业那阵，忙着实习，工作也换了几份。拼命赚钱，用一半工资付房租，吃最便宜的盒饭，半年内搬过六七次家。赶过深夜的末班车，也见过凌晨三点依旧灯火通明的街。淋过突如其来的大雨，在夜里悄悄流过泪。

被城市中粗粝的生活磨久了，人变得越发坚韧沉默，迷茫过、崩溃过，仍继续咬牙坚持着。也是从那个时候开始，我生病了、难受了，不再对父母讲；他们遇到难事儿了，也不再跟我说。

隔着几千公里的距离，经历不同的人生轨迹，父母慢慢地就活成了家乡的一个背影。

最好的安慰

◎和菜头

很多年前,有一位女孩子,刚刚失去了自己的至亲。那是个冬天的夜晚,家里进进出出都是帮着办丧事的人。她独自跑到后院,坐在一条长凳上看着院子里光秃秃的柿子树发呆。

这时,一位平常和她很少说话的男同学走了进来,和她并排坐在长凳上。她以为他又要说那些安慰的话语,它们已经多到让她感觉到厌倦,所以她没有开口。那个男同学同样沉默不语,两个人就在冰冷的冬夜里并排坐了很久。

最后还是那位男同学打破了沉默,他指着面前的柿子树说:"这柿子甜吗?"她不知道为什么,就顺着这个话题开了口。于是,两个人讨论了半个小时的柿子,一直讨论到明年春天是否应该修枝嫁接一类的事情。然后,那个男同学起身道别,自始至终没有说一句悼念和安慰的话。二十多年后,每当她回忆起那一幕,都觉得那是她有生以来得到的最温暖的安慰。

最好的安慰不在于言辞,而是用行动表示"我和你在一起",就像一起坐在冬夜里的长凳上那样。最好的安慰也不是安慰本身,而是让对方升起对未来的期待,哪怕是为了一棵柿子树。

正午的阳光将我融化

◎贾樟柯

  小A坐在我的斜前方,她正低头收拾课桌上的书,然后直起身子等待老师下课的指令。我注视她的背影已经长达一年,用目光完成一次次爱抚。我低头,躲避自己的爱情。抬起头,又期待一次目光的相遇。

  她离开了教室,融入外面同学们的喧闹之中。我坐在教室里没有出去,我不想成为她的追随者,虽然没有人会知道。是的,我想保持我的骄傲。

  小B,我的哥们儿,走过来挤在我的凳子上,有事相求地笑着说:"你觉得小A咋样?"我沉默,以为朋友看破了我的心思。小B接着说:"我喜欢她,写了封信,想今天中午下学就给她。"多年之后我才明白,这一刻我经历了此生的第一次心头重击。

  爸爸妈妈在工厂里加班,我回到宿舍区的单元房,一个人在厨房里煮方便面。我吃着饭,有一种直觉,觉得她会来。突然,楼下有人叫我的名字。我没有听错,是小A的声音。那样理直气壮,好像在叫我下去理论。毫不避讳,正大光明。

  我和她站在楼下的空地上,小区里最显眼的所在。她换了白色的衬衫,这让我很奇怪。我开口:"找我干什么?"小A:"我看你在不在家。"我不知道接下来该说什么,她也是。两个人在正午沉默,让灼人的太阳成为主角。她笑了笑,理了一下被汗水浸湿的鬓角,转身走了。我站在原地,一个人接受阳光的拥抱。犹如一个雪人,我在正午融化。

  后来我离开了汾阳,在深圳工作了二十三年。我很少回家,但每次在超市里看到汾酒的时候,心还是会颤动一下。偶尔回汾阳,我会在夜里出门,在黑暗中走过我走过的街道。我不想碰到熟人,也不想和正午的阳光正面相遇。

  上次回汾阳,是在我们中学校庆的时候。小A一直在县城里生活,已经是母亲。多年不见,我跟她话反而多了。她一直笑着听,她的沉默还是那样丰富。

  那天,不知道为什么,她后来一个人走到餐厅外面。不知道为什么,我跟了出去。她鬓角的乱发浸湿在汗水中,如同少女时代。我问她:"高二的时候,有天中午,你是不是来我家找过我?"她看着我,不避闪我的目光:"没有。"

  之后,她笑笑说:"那天有人给了我一封信,我去你家,以为你也有这样的信会给我。"

  我不知道该说什么,她转身回了餐厅。又是正午时分,刀枪不入的我如雪人般融化,露出十七岁时的原形。

在北大的草坪上晒太阳

◎许知远

据说一天第欧根尼在晒太阳的时候，亚历山大大帝亲切地来慰问这位智者："您需要什么帮助吗？"第欧根尼爱搭不理地回答："别挡着我的太阳。"这个可能是杜撰出来的故事被很多人用来说明知识分子的独立人格，而我对这句话的直接反应是，晒太阳是智慧的象征。

在北京大学，图书馆、第三教学楼、静园草坪都是适合晒太阳的地方，它们在不同的季节发挥着美妙的功效。北大的新图书馆由于宽敞、桌椅舒服，几乎适合在任何时候晒太阳。早晨起来，拿着一两本名著，坐在二楼的大阅览室内，窗外的太阳正在发出柔和的光，柔柔地穿过玻璃，披在你身上。

所以，我真心建议校方建一所巨大的玻璃房子，让所有的青年人集中到这些玻璃房子中，让阳光刺醒他们年轻的眼睛与心灵，我们一起朗读李白的诗篇，一起诵读希腊的成就，这似乎比一切工具化的教育更有效。

对寒冷的冬天来说，三教南面的一排教室是晒太阳的理想场所。北京的冬天冷且干燥，常常北风怒吼。这时候，如果你踏入了三教那些教室，立刻会感到一阵无法言说的温暖。

记得大三那年的选修课，我总是早早地去抢占最后一排的靠窗座位。三教的教室密封极好，暖气供应极充足，以至我们穿着衬衫也不觉冷。于是下午两点的课开始时我就趴在桌子上，心满意足地听着窗外北风的吼叫，然后眼皮一闭。这才是生活啊，有时候，我一觉醒来，发现和我一排的同学全都趴在桌子上，姿势各异，但无疑都在快活地享受着阳光的照耀，心甘情愿地做了睡眠的俘虏。

对不刮风的秋天与春天来讲，静园草坪几乎是一处美妙的阳光浴场。春天到来的时候，被捂了一冬天的学生们，让自己暴露在阳光下，纷纷把草坪当作海滩。这时候，草刚刚开始绿，让我们嗅到了生命的味道。有的是一群人躺在那里聊天，也有人独自在那里看书。大约到了一点钟，聊天的声音越来越小，他们肯定正在体验睡觉的美妙。一小时过后，大部分人开始坐起来，继续读书说话。

这么一片草坪，不用来晒太阳简直是暴殄天物。每当天气好时，我一定要努力抛弃一切事务，脚一跨入草坪时，立刻产生一种归属感——似乎我天生就应该躺在这里。我想起了一位不知名的俄国诗人的一句诗："我来到世间，就是为了晒晒太阳。"

不合群的我在毕业晚会上哭了

◎河 樱

"你再考虑一下散伙饭的事？全班最后一次聚齐，不参加太遗憾了。"班长不屈不挠又发了一条微信。

我半年前买好票的演唱会，和大学班级毕业聚餐的时间撞了。我向班长请假，班长叹息："要是以往我真不勉强你，这次不一样。"

我是班级里整整4年都不合群的一个人。

大学前两年，我对同班同学热衷的花花绿绿的世界不感兴趣，甚至心存偏见。我不理解为啥大家总爱凑在一起做一件看似意义不大的事，比如动辄聚餐包饺子炒年糕、搞集体旅行与院际联谊会……对"意义"始终如一的追问，一点点拉远了我和同学的距离。他们每次热情的邀约，我往往以踌躇、推托、敷衍的态度应对。

进入大三暑假后，一个人合不合群，完全不重要了——班级已然进入聚少离多模式，大家要各奔前程。我们宿舍姑娘都找了实习，每晚挤公交车回校的两小时车程上，我不免有点惆怅：好像还没享受过躺在学生堆的无忧无虑，不曾和一群人干些不计后果的傻事，就要一个人承担未来了。

上周，心烦意乱地坐在学院毕业晚会上，大家表演完三四个歌舞节目后，舞台大屏幕上浮现一行字："你知道他眼中的你是什么样子吗？"之后开始滚动播放一张张照片，台下尖叫声一片。原来这个环节，是同学偷偷向晚会爆出其他人的照片。

出乎意料的是，好些同学镜头里都出现了我：军训时躲在树底下偷吃冰棍、在河边拉扯风筝线、生无可恋排练大合唱、做志愿者趴窗台上打瞌睡……

被那些不曾察觉的旧时光连续轰炸，我震惊着，大笑着，假装生气着……整场晚会气氛越来越欢乐，而猛然间，我的眼泪就冲了出来。为什么呢？大概是为了一个年少轻狂的不合群者，鲁莽拒绝和错过了最好的我们。真的好抱歉啊，我本以为你们一点不重要，我本以为我一点不重要。

如果这大学4年可以重来一遍，是不是我能更合群一些，更靠近你们，多拥有闪闪发光的一天，或者哪怕一丝纯粹至极的空气呢？趁别人不注意，我擦掉眼泪，掏出手机回复班长：演唱会门票转掉好了，散伙饭我报名参加。

再见，老袁

◎淡蓝蓝蓝

老袁其实不老，十七岁，但面相看起来比年轻的体育老师还要成熟那么几分。有一次，有个家长和老袁在教室门口客气地寒暄，然后问道："您是哪位同学的家长？"自此，大家都开始喊他老袁。

老袁一直对班长这个职位抱有热情，但竞选票数从高一最初的十几票渐渐降至高三的一票。那一票，是老袁投给自己的。最后班主任给他安排了卫生组长的角色。每每轮到自己组值日，老袁必挥舞着扫帚指挥全局，颇有指点江山的气势。

高考之前，老袁当众送给前桌女生一封信。他送信的姿态极自信，毫不扭捏拘谨。但女生看过信后委屈落泪，把那封信撕得粉碎，仿佛老袁的情意令她蒙羞。

没错，在众人眼里，老袁就是个笑话。他的爱与热忱被人们抛至脑后，大家你来我往地从上面走过去，没有人想过他会不会疼。毕业那么多年，大家聚了若干次，没有人联系过老袁。但老袁的名字从来都是聚会上的关键词，听说老袁去了非洲，大家哈哈一笑："干杯，祝老袁晒成土著。"听说老袁赚了不少钱，大家又哈哈一笑："哟，老袁还有这头脑，可得干一杯。"听说老袁回国支教了，大家仍旧哈哈一笑："那不误人子弟吗？来，干杯。"

老袁和所有人的过去密不可分，却与他们的未来毫无关系。老袁的故事越来越单薄，一如回忆越来越寡淡，聚会渐渐也少了。直到毕业十年，大家天南海北地凑在一起，还请来了班主任。大家酒喝得正酣，歌唱得最美的时候，老班突然感慨："可惜啊，老袁没了。"

老袁没了。这是一个迟到了很多年的消息。据说在老袁去支教的第二年，赶上了一场不大不小的地震。老袁是被乡下厕所简陋的石头墙砸死的，他被扒拉出来时，裤子还没提上。老袁这一辈子都像一个笑话。

热闹的房间里霎时安静下来，只有大屏幕上的影像似水流转，被消了音，像一部默片，却比任何时候都要撼动人心。

第一个哭出声来的人，是当年撕毁老袁情书的女生。

黑暗中，有低沉的男声呜咽着举杯——为老袁，干杯。三十几个玻璃杯轻叩出悦耳的声音，像是为回忆送行的挽钟。将歉意向西，敬一杯浊酒给你。

再见，老袁。

白老师，你是我的朱砂

◎毕淑敏

我上学的第一任老师，是位美丽的女子。那时候她还没有孩子。没有孩子的女子，对别人家的孩子，要么是极厌烦的，要么是极喜欢的。我的老师，是喜欢的那一种。

我一年级的班主任是白玉琴老师。一天上语文课，白老师讲《小猫钓鱼》。她把课文念完之后，提问大家谁能复述一遍。这对刚刚上学的我们来说很有难度，课堂里一时静若幽谷。我那时梳着齐眉娃娃头，一缕湿发遮住了眼帘。汗水淋淋的我顺手捋了捋头发，白老师立刻大声说："好啊，毕淑敏愿意来回答这个问题，请起立。"我魂飞胆战，当下想以后哪怕是头发把眼珠刺瞎了，也不再捋头发。我恍若慢镜头一样起身，企图拖延时间以想他法。也许因为我动作太慢，白老师在这个当儿另起了主意。她说："毕淑敏站到讲台上来，面向大家复述课文。"

天哪！咬牙切齿痛下决心，以后剃成个秃瓢，永不留发。从课桌到讲台的那几步，是我7年人生中最漫长的荆棘之旅。然而无论怎样蹒跚，总有到了尽头的那一刻，我只好战战兢兢地开始了回答。如何下的课，全然忘却。以上是我开蒙之后记忆最深的一件事。

开蒙，古时指儿童入书塾接受启蒙教育，现如今泛指儿童开始上学识字。早年的开蒙礼，要由礼官为即将入学的孩子们，在额头点一粒大大的朱砂眼。点眼的具体位置是在鼻根上方印堂的中央，名曰"开智"，象征着这孩子从此脱离了蒙昧的混沌，睁开了天眼。朱砂色艳如血，闪烁着金属般的光泽，美艳无比且触目惊心。之后是孩童学写"人"字、谢师恩、开笔石上练字、初背《三字经》……破蒙如同破晓，人生从此曙光乍现。

《小猫钓鱼》后，我听白老师对别人说，我从来没有看到过这样好记性的孩子，居然把整篇课文复述得几乎一字不差。几十年后我重回母校，有年轻老师对我说，白校长（白老师已成为校长）至今还会说起当年的你，是多么聪慧……

时至今日，我常在想，自己并不聪明，那一日的捋发，看似偶然，也许是心中的蠢蠢欲动、跃跃欲试使然。细心的白老师看穿了一个畏葸的女孩乔装打扮后的渴望，她温暖地推动了孩子的尝试。老师的鼓励，让一个不自信的幼童，感觉到了被重视、被喜爱的欢欣。这种获取知识的快乐，将伴随终生。

我上学时没有举行过开蒙礼，白老师就是我的朱砂。

两位老师和一条河的约定

◎邓小波

　　海南省琼中黎族苗族自治县境内，黎母山下，奔流着大边河。大边河上没有桥，北岸三个村庄的人们世世代代涉水出山。河之南，立着简陋的湾岭镇大墩小学。

　　雨还没有停歇，大边河中浊浪滚滚。岸边，12岁的王小妹紧紧搂着弟弟。"同学们，不要怕！大家排好队！"44岁的校长王升超大声安抚着23个等待过河的孩子。话音刚落，他已背着王小妹的弟弟冲进齐腰深的河水中。

　　王小妹是最后一个等待校长背过河的学生。已经在水中来回走了两个多小时的王升超，显然非常疲惫了。他点燃一支烟，一边将它叼在嘴上，一边气喘吁吁地背起王小妹，再度踏入激流中。当他们到达河心的时候，河水突然猛涨！水漫过了王升超的脖子。此时，要退回去已经来不及了。王小妹伏在老师背上哭了起来。王升超心里一紧，立即故作轻松地大声说笑："怕什么哩！信不过老师吗？"说完，他费力地用双手把王小妹举过头顶。只见一双大手举着一个女孩，向对岸艰难而坚定地移动……

　　同一时间，相同的一幕发生在下游两公里的河面上：老教师王文周正在背送村里的15名学生过河。

　　33年前，也是王文周成为大墩小学民办教师的第一年。他发现，河对岸有三名学生没来报到。中午，他蹚过齐腰深的河水，去学生家中询问缘由。"过河不安全。"家长的理由只有一个。21岁的王文周沉吟片刻后说："这样吧，我来接送他们上学！我水性好，又熟悉这条河。请相信我！"从那一天起，这个月工资只有3元的黎族民办教师，开始了他33年以背作桥的教师生涯。

　　后来，同样是民办教师的黎族青年王升超成了王文周的盟友。如今33年过去了，王文周已经54岁，王升超也45岁了。王文周和王升超已经多少次蹚过这条河，他们自己也记不清了。在河水中走过10年后，王文周落下了关节炎，却依然一拐一瘸地背学生过河。

　　33年来，两位老师在河中经历过无数次生死攸关的险情，却从未发生过一起事故。他们约定：如果碰上危险非死不可，牺牲的只能是他俩，绝不能是孩子……年复一年，他们背过的学生们毕业了，长大了，成家了，碰到时还喊他们一声"老师"，王文周和王升超就觉得值了。

心灵的雾霾

◎胡为民

那天，一个矮小的男孩子走进办公室，低着头站在张老师的办公桌前。

"王星呀，社会、政府和老师这么关心爱护你，你却做出这样的事，你这娃儿也太不争气了。"班主任张老师有点恨铁不成钢。

前几天王星偷偷地"拿"了家里三百多元钱，泡在网吧三天三夜，把钱"玩"得一干二净。王星并非富二代，他的命运多舛：8岁的时候，在外打工的父母乘坐同事的摩托车不幸坠崖，车毁人亡。他只好与六十多岁体弱多病的奶奶相依为命，虽然政府把祖孙二人纳入了"低保"，但是一老一小的收入不多，家境并不宽裕。

作为班主任，我很理解张老师的心情，但更懂得王星之所以这样做的心思。

12岁时，我的父母先后病逝，我也得到过一些人的帮助，我暗下决心努力学习回报这些关爱。令人不理解的是，许多人总爱对我说这样一句话："你的父母都不在人世了，你一定要好好读书，这样才对得起……"久而久之，每每听到这样的话，我就有一种低人一等的感觉，这句关爱的话慢慢地变成心灵的雾霾，我对说这样话的人从感动渐渐地滋生反感，甚至想用过激的行为进行反抗，最终，我还是把自卑和苦痛深深地埋在心底。高中、大学，我一直不愿意让老师和同学知道我的父母已经离开人世。

伤痕累累的心灵十分脆弱，人们过分的同情犹如一把把盐，这会让受伤的心灵格外刺痛，久而久之就会麻木；无休止的鼓励和过高的期望如同笼罩在心灵之上的雾霾，往往会让幼小者不知所措，迷失真实的自我。有时，他们为了挣脱心灵的迷雾，就会做出令人意想不到的事情。不容否认，年幼时失去亲情温暖的人，最渴望得到关爱，但是，他（她）并非因此就会成为完美无缺的"另类"人才，他（她）也和父母健在的青少年一样顽劣、任性、调皮，也会犯错误，也希望自己像同龄人一样快乐自由成长。其实，在孩子成长的过程中，心灵的雾霾不仅是打骂，有时变味的关爱也是。

爱是阳光，爱是奉献，爱是一汪清泉……当您对不幸的幼小者付出了关爱，请别附加过高的期望，那样会刺痛人生的伤口，演化成浓浓的雾霾。苦难是人生的财富，苦难也可能成为人生的包袱，成长的雾霾。这个多元化的社会，一个人成"人"比成"才"更重要，请相信从小失去双亲（或单亲）的孩子其实普通平凡。

家 访

◎贺 楠

刚拿到暑假家访名单，我愣住了——

小洲上初一，是我们办公室的常客，他小学基础没打好，学习很是吃力。作业完不成，测试不及格，课听着听着就睡着了，经常让班主任头痛不已。一句话，他是我们办公室闻名的问题生。

按照行程安排，小洲家是我们此行的最后一站。在与小洲妈妈电话沟通后，我们得知去往他们家的大路正在修整，需要从大片的滩地里绕行，由于我们车上清一色的都是女生，担心车在滩地里绕来绕去，找不到路。我们和小洲妈妈商定：我们在路边的鱼塘边等着，小洲把暑假作业拿过来让我们给他批改。

"突突突突……"农用三轮车的声音越来越近，天哪！是小洲，一个十三四岁的孩子，竟然开了一辆农用三轮车，这也太不把安全当回事了吧！

小洲扶着他的妈妈走过来，我强压着怒火，瞪着他！他将作业交给我们，又木讷着一张脸站在旁边。我们一边检查作业，一边和他的妈妈攀谈，了解他假期在家的表现。

那天他的作业和我想象中一样，字迹潦草，错误率高，一如他在学校的表现。但是从鱼塘主人和他妈妈的口中，我认识到了另一个他。

小洲家在河滩承包了五十亩地，种植黄桃，暑假正是黄桃成熟的季节，小洲每天凌晨三点起床和父母去地里摘桃装车，再驾驶三轮车送往冷库，下午四点又去地里忙活。后来他的妈妈不小心崴到脚，他又承包了家里做饭洗衣服的活。每天如此，毫无怨言。到后来，他甚至能单独驾车去冷库，从容地和老板们讨价还价。鱼塘主人看着小洲每天驾驶三轮车经过几个来回，"突突突"地来，又"突突突"地远去。

假期里，我们家访过许许多多的学生，他们上着各种各样的辅导班，学着各种各样的特长。他们大多有着漂亮的成绩，但毫无例外，他们都是家里的"小皇帝"或"小公主"，偶尔干一次农活，也只是去体验生活。对小洲，我不知该怎样评价。

那天回来的路上，我不停地问自己：什么是教育？

教育不仅是知识能力的灌输，更应该是人格品质的培养。他们的诚实、正直、孝顺，积极向上、热爱生活、关爱弱小，难道不比成绩优异更重要吗？

给学生拜年

◎阿 敬

新春佳节，家人欢聚，其乐融融。夜半酒醒，我还是想到了自己的贫困学生。

当我把准备去学生家看看的想法告诉妻子时，她竟打趣道："人家都是弟子给老师拜年，你这是要去给学生拜年啊！"大过年的，我以为她不太乐意，未料她又笑道："那我陪你去吧！"今天要去看望的这个女孩，跟着七十多岁的爷爷、奶奶生活，家里还有个残疾的姑姑需要照顾，她的父亲多年前不幸去世，母亲也"没了"……

当我大包小包地从超市拎回饼干、酸奶、坚果等物，又带上几本新买的儿童小说、励志读物等准备出门时，妻子一把扯住我："红包准备了吗？"我当即赧然，怎么把红包忘了呢？可平日里多用手机支付，口袋里也没现金呢。妻子便找女儿商量，先借个红包，谁知女儿很"抠门"，只愿"借"200元，没辙，权且这样吧。

雨冷风寒，车行匆匆。知道我们要来，女孩撑了把伞，早已立在村口等我们。下了车，只听女孩羞涩地喊了声"师娘好"。接着，她的爷爷也迎上来，接了东西，把我们领回家。闲聊间，我们问了问孩子的寒假学习和生活情况，一番叮嘱，就准备告辞。妻子掏出红包对女孩笑道："你比我女儿还小几岁。过年了，我代表你老师给你发个小红包，200元，不要嫌少哟！"说着，硬塞给女孩，女孩很腼腆，拿着红包，有些坐立不安。女孩的爷爷竟一边推辞，一边跑到厨房拿出两条活鲫鱼来，女孩的奶奶也从屋后的菜地抱来两棵大白菜，好说歹说要我们收下。我们当然很感谢，但东西真心不能要，便跟老人说我俩的父母也一直在乡下种地，家里有菜，方才作罢……

车子重新启动，小村渐渐后退。我的内心，依然涌动着隐隐的愧疚："200元真是太少了！早知道……""早知道啥？就说你不称职，你还不服。我趁你没注意，又偷偷往红包里塞了300元！"妻子揶揄道，"记得回家后微信转给我！""啊！那你怎么对女孩说是200元呢？"我有些惊喜，心底的愧意似乎减轻了些。"你真傻啊！说多了，人家也不收啊！再说钱多钱少不重要，只要学生能感受到老师的这份心意，不就够了吗！"妻子嗔怒道，"好好开你的车，先做个称职的驾驶员吧！"

"哈哈！好嘞！坐稳了您哪！"雨比来时小了些，田野径畔，时不时地有零星的金黄明艳的菜花儿迫不及待地跃入眼帘，春天，真的来了呢！

"何"其珍贵

◎伯 伦

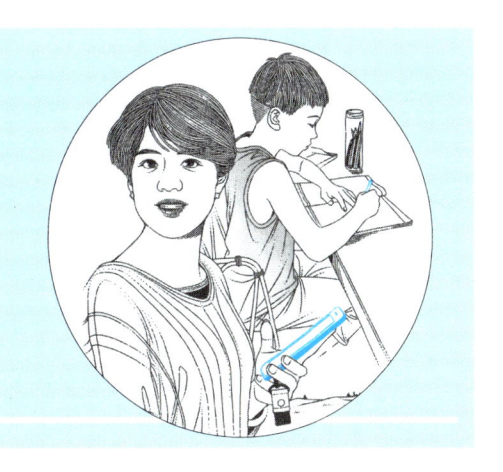

在教过我的所有老师中，给我印象最深的是一位姓何的老师。她30岁左右，个子不高，是我的语文老师兼班主任。

第一次和她单独接触是在开学第二天，班里统计家庭情况，她让她所念到情况的学生下课后到她那登记，当她念到孤儿时，同学们开始窃窃私语，更有甚者直言："孤儿就不用念了吧，我们班又没有孤儿。"他的话音刚落，我的脸瞬间涨红，将头深深地埋了下去，只求努力降低自己的存在感，因为我就是他们口中那个本不该存在的孤儿。下课后，我有意放慢脚步，排在了去办公室登记的同学的最后一个。等其他同学登记完，办公室里只剩下我和何老师，登记完，我仍站在原地，几番欲言又止。何老师见我迟迟未走，温声问："你还有什么事吗？"我沉默良久，终于说道："我希望这件事你能替我保密。"刚说完我就后悔了，因为老师并没有理由为我保密，这似乎并不属于她的义务范畴。想到这儿，我泄了气，正准备说算了，没想到何老师竟然答应了，她当时说了一句话，我记了好久："这并不是你的过错，老师希望你能像野草一样，即使遭遇野火，也能肆意生长，生生不息。"自父母去世后，安慰我的人不少，但鼓励我的，她是第一个。

疫情防控期间，学校决定让老师上网课。当我在邻居家听到这个消息时，内心是恐慌的。父母去世后，我就被舅舅一家收养，但他们都是地道的农民，只有用来通话的老年手机，想着我将错过所有网课，而我又不能对舅舅舅妈提起。因为他们供我读书已是不易，怎敢奢求更多？我的内心有些崩溃，晚上趁他们睡着后，一个人躲在被窝里哭泣。

就在我以为一切已成定局的时候，事情出现了转机。

第二天早上何老师来了，就在我疑惑她的来意时，她将一部手机塞到了我的手里："昨天，我见你没有上网课，打电话给你舅舅才知道你没有上网课的设备，我家里正好有多余的手机，可以给你上网课……"何老师后面说了什么我已记不大清了，只记得何老师在我的眼前变得越发模糊，这是我继父母去世后，第一次在这么多人面前哭。当时我就在想啊：怎么有班主任可以做到如此地步！

直至今天，我仍时常回忆起和何老师之间的点点滴滴——那段何其珍贵的岁月。

携手是彩虹

◎周太舸

一般来说，农村学生家长挤破脑袋也想把孩子送进城里读书，蓝三哥和朱三嫂却把儿子蓝珠从城里往乡镇学校赶。于是，蓝珠成了我班上的学生。

蓝珠聪明伶俐，小学成绩顶呱呱。为了让蓝珠进城上初中，蓝三哥和朱三嫂凑了首付款，在城里买了一套房。城里的一中接纳了蓝珠。第二天，一中对新生进行了摸底考试。蓝珠大脑昏沉沉的，答卷情况自然很糟糕，被分在了三类班。山中无老虎，猴子称大王，蓝珠因此落下一身懒毛病。父母只好又将他转回乡镇学校。

进入我班，蓝珠照懒不误。我任教语文，又当了班主任，蓝珠不敢不做语文作业。不过，即使做也是抄答案。其他学科，蓝珠犯懒，直接写答案略。期中考试，蓝珠的学习成绩在中等偏下。我将蓝珠的情况反映给了朱三嫂。夫妻俩商量，周末向工地请假，从城里回到了老家。

星期六，中午十二点了，还不见奶奶做饭，蓝珠就催奶奶。奶奶说："今天的午饭，由你妈负责。"蓝珠又去催朱三嫂："妈，我肚子饿得咕咕叫，你咋还不做饭呢？"

朱三嫂说："今天的饭菜很特别，早做好了。"

蓝珠问："妈，做的啥特别的饭呢？"朱三嫂头也不抬："烧饼。"

蓝珠拍手说："太好了，我最喜欢吃烧饼。"可蓝珠喜滋滋地揭开饭锅一看，傻眼了，锅里放着一张白纸，白纸上画了一个大大的烧饼。

蓝珠丧气地说："画饼咋能充饥呢？"蓝珠又揭开菜锅一看，锅内同样放着一张纸，纸上写着："清炒凤尾一盘，麻辣鸡丁一盘，番茄蛋汤一碗，分别见《家庭实用菜谱大全》第33页、第58页、第79页。食材及操作过程略。"

一下子，蓝珠泪如泉涌，说："妈，我知道错了。"朱三嫂说："知道错误，还要勇于改正错误，这样才是好孩子。"蓝珠抽噎着说："放心吧，我一定勤奋学习。"

从那以后，蓝珠改掉了身上的懒毛病，变得勤奋刻苦起来，期末成绩冲到了本班前列。我把蓝珠的情况告诉了蓝三哥，蓝三哥在电话那头异常激动："谢谢！谢谢！多亏了你给我们出的好点子！"画饼和菜谱的点子，的确是我出的。我感觉教师和家长携起手来，就是一道绚丽的彩虹。

肩　膀

◎唐　军

那年，我考上了县城的重点高中，对自由的向往胜过"过五关斩六将"之后的喜悦。我多希望到崭新的天地里呼吸新鲜空气啊，毕竟三年的初中生活只有学习，没有其他。

语文老师陈化勇是我们的班主任，四十来岁，中等身材，稍显发福，他的衣衫永远整洁如新。课堂上，他声如洪钟，即便是坐在最后一排的同学都能清晰地听到。他对我们看得非常紧，即使是其他老师的课上，只要开小差，就有可能被他从教室后门拎出去。

或许是初到县城，同学们显得拘谨，活动的范围很小，一般不敢随便跑出校门造次。一个月之后，大家对学校周边的小饭馆、电影院、录像厅、游戏厅熟悉了，就开始兴奋地探索起来。这一切都逃不过陈老师的火眼金睛。

他是一个重证据的人，一个冬天的深夜，零下三四摄氏度，嘴里吐气可成"白烟"。陈老师穿着不太厚实的衣服，坚守在男生宿舍。直到凌晨两点多，五个因贪玩或贪吃或贪爱的人被他一一堵在门口，包括看录像的我。那一夜，五个人在办公室里低头站着，我们没睡觉，陈老师也没合眼。

第二天下午恰好有一堂班会课，陈老师特意让班上所有的女生去操场活动，给我们这群聪明但不太好学的男生上了一堂因人施教的政治课。陈老师说了一段语重心长的话："你们这些男生，将来哪个不是家里的顶梁柱，哪个不是家里的主心骨，男人肩膀上的担子重啊，将来成家立业，不仅要担着自己，还要担着父母，担着妻子儿女。你们现在不珍惜学习机会，将来怎么有能力承担起家庭的重担？身材再魁梧，体力再超群，肩膀无力行吗？"

老师的这番话，震撼了我的心灵，字字句句如醍醐灌顶，让我从迷茫中清醒过来。好在，一切都来得及。此后，我像换了一个人似的，教室、宿舍和学校图书馆三点一线，心无旁骛地学习。

我出版的第一本散文集定名为《男人的肩膀》。当我把书送到陈老师手中时，忍不住跟他讲述了当年发生的一切。陈老师笑了笑，说道："当年说的这些话，我自己都忘记了，你怎么还记得这么清楚？""您当年确实对我们说了很多很多教诲的话，但要紧的几句话我都记在心里了，人这一辈子，其实要紧的不就是那几句话吗！"言毕，老师会心一笑。

我发现白发苍苍的陈老师的肩头依然坚实、有力。

张桂梅：
我生来就是高山而非溪流

◎素衣回中原

"我生来就是高山而非溪流，我欲于群峰之巅俯视平庸的沟壑。"

"我生来就是人杰而非草芥，我站在伟人之肩藐视卑微的懦夫。"

第一次看到云南华坪女子高中的誓词时，我被震撼到了，是什么样的胸襟，才能写就这样的波澜壮阔？读读张桂梅的故事吧。

张桂梅是云南华坪女子高级中学校长，也是全国第一所免费女子高中校长。为了让山里的女孩们读书，帮助她们走出大山，她挨家挨户做工作，一心扑在教育事业上。

如今，她60多岁了，脚步变慢了，嗓门也变小了，身患20多种疾病。她说："我的时间越来越少了，我抢一分钟算一分钟。在我活着的时候，我一定要看到她们走出大山。"

也许我们身边有很多很多人都顺顺利利走进了大学，在城市里站稳了脚跟，过上了或平凡或绚烂的生活。但有些孩子，光是活成普通人的样子，就已经用尽了全部力气。

全球的成年文盲中，有63%是女性。在我国，据"春蕾计划"的一份调查，全国的失学孩子中，有三分之二是女孩。

我们常说，不能让孩子输在起跑线上。可有一群孩子，她们从一出生就输了。不是输在了起跑线上，而是连站上起跑线的机会都不曾拥有。她们没有选择，只能接受命运的摆布。

张桂梅说，这些孩子99%是有梦想的，是喜欢读书的。她说："读书对有些人不一定重要，但是对我们这群孩子，是100%的重要，她们只有读书，才走得出去。"她这一生，无儿无女，没有房子，没有财产，吃住都和学生们在一起。她们，全都是她的孩子。

"不管我到底能存活多久，都没关系，我一点都不后悔。只要她们后边走得比我好，比我幸福，就足够了。"

只要有机会，女孩就可以活成想要的模样。可以成为出色的外交部发言人，可以成为核心技术人才，可以成为科学家、博导。女孩，可以成为任何人，各行各业，都是你的舞台。

有一天，你会站在最亮的地方，活成你想成为的模样。

每每读到华坪女子高中的誓词，内心波澜壮阔。一千多个女孩，不只是数字，还是一千多个家庭，更是千秋万代的女性价值。如果每个女孩子，从一出生，就有人告诉她这些话，该多好啊！

生命里的光

◎彭 杰

  那是一个贫瘠的年代，农村的物质生活极度匮乏，我代课的村子离家很远，中午带一份盒饭热热解决午餐，困了就趴在办公桌上睡一会儿。孩子们更苦，小小年纪就得起早贪黑地来上学。夏天还好，尤其是到了冬天，天寒地冻、风雪交加，孩子们到了学校，眉毛上、眼睫毛上都已结了冰，有的手脚都生了冻疮。可是他们就那么日复一日地艰难前行着，从来没有任何抱怨。

  冬天生炉子本来是学生的事，但我心疼孩子们，就会去得更早一些，把炉子生好然后烧一壶热水，等学生们到了烤烤炉子、喝点热水也就暖和多了。下了课我有时也会和学生们一起活动，跳皮筋、丢沙包玩得不亦乐乎。学生们渐渐地敞开了心扉，有什么心里话也同我讲，我已与孩子们建立了深厚的情谊。

  冬天的一个早晨我得了重感冒，不得不请假在家休息。两天后正好是周末，外面的天气清冷清冷的，北方的冬天到处都是光秃秃的，让人不免心生悲凉。突然几个孩子的身影出现在大门口，我强撑着身体坐起来一看，原来是熟悉的面孔，那是我的学生们。我妈赶快出去把孩子们迎进门来，看他们一个个瑟瑟发抖，满脸通红，鼻涕不停地流下来，红肿的手里还拿着罐头、面包等食品。泪水立刻充盈了我的眼眶，因为我知道买这些东西就会用去他们大半年攒下的一点点零花钱。而且他们是徒步来的，十多公里的路就这么坚持着走了几个小时，却只是为了看望我。孩子们没有华丽的言语，却用最朴实的行动让我终生难忘。

  病好之后我觉得没有什么好回报孩子们的，唯有认真地教学，希望他们能走出贫困，拥有美好的人生。渐渐地，孩子们在作文上进步特别快，对语文学习也有了更大的热情。期末我们班平均分竟然高出另一个班一大截，全班都欢呼起来！

  我带的那届学生上了初中后，我也为了生活辞去了民办教师的工作，来到城里打拼。这么多年过去了，他们都还好吗？但我在拼搏的路上，每次撑不下去的时候就会想起那一幕幕，想起孩子们那份坚持、那份善良、那颗金子般温暖的心，于是又有了勇气。而我也必须努力前行，带着这份爱一直走下去。

  如今出走半生终不忘少年心，只为追逐生命中光临身边的每道光，让世界变得更闪亮！

失窃的月季花

◎孟祥菊

　　时令已至老秋。教室门前的花坛里，几株季末的月季开得正艳。可最近几天接连发生怪事：那些盛开的月季每隔一两天便会消失几朵，而且都是清一色的红色花朵。定是哪个淘气的孩子干的！为将此事查个水落石出，周一早上我特意提前赶到教室，躲在角落里偷窥，试图将窃花贼逮个正着。

　　过了一会儿，我看见一个敦实的身影朝我班教室走来，仔细一瞧，原来是中队长冬冬。冬冬家距离学校很近，步行十几分钟便能到校，因而我班的另一把门钥匙向来由冬冬掌管着，他每天早来晚走，属于正常的事情。奇怪的是，今天的冬冬到校后并未直接进入班级，他朝四周看了看，待发现无人后，便疾步跳入花坛，快速摘下两朵整朵的红色月季，麻利地藏入书包的内夹层中……

　　做完这一切，冬冬面带笑容地退出花坛，拿出钥匙，准备开门。抬头的瞬间，冬冬发现我已站在他面前，整个人当即变得尴尬起来。走进教室后，冬冬把书包往座位上一放，红着脸向我道出了"窃花"的整个经过。

　　两个月前，班里王婷婷的父亲在出差途中遭遇车祸，落下了严重的腰脱病，至今仍卧病在床，不能自理。前段时间，王婷婷在收音机中无意间听到一个小偏方，说是取深秋的红色月季15朵，放在阴凉处晾干，再放在1斤装的高度白酒中浸泡，待酒水变成绛紫色后，每日用棉签涂抹痛处，对治疗腰脱病有奇效。冬冬得知情况后，便主动请缨，答应代做。为不引起师生们的注意，冬冬采取隔日摘取两三朵的笨办法去盗花，目前已积攒了19朵，他打算帮王婷婷摘够30朵，争取能泡2斤酒，这样的话，王婷婷父亲的腰脱病或许就会好起来。

　　冬冬说完这番话，用一双诚实的眼睛望向我，静等我的批评。我被感动了，轻轻拉过冬冬的手，肯定了他的做法，不管偏方管不管用，我们都要帮助王婷婷试一试。冬冬一听，郑重地向我深鞠一躬，随即提出一个请求：他的"窃花"行为只能在暗中进行，因为王婷婷不愿意让全班同学知道自己的隐私。我赞同地点点头，同时答应帮他守住这个秘密。

　　花朵有爱，向善而开。我庆幸，在冬冬善良的"过错"面前，我并未发怒或指责，而是采取得体的办法巧施温情，助善生根。

我从未后悔的公益间隔年

◎慕 冬

还有半年大学毕业时，我做了一个重要的决定：先不工作，用一年时间做公益。比起做决定所经历的一番挣扎，更困难的是怎样说服家里人同意。

第一次和爸爸沟通，当我说这份工作只能提供基本的生活补贴后，他坚决反对，撂下一句："你过年总得买点礼物给家里的亲戚朋友吧？"然后就挂掉了电话。我拿着手机愣在原地，感到铺天盖地的委屈：为什么他们考虑的只是钱？为什么不能看到我的成长，不能理解我要做的事情？

然而，我低估了这条路的艰辛。爸妈妥协以后，真正的考验才刚刚到来。工作三个月后，家里突然传来消息：爸爸摔断了腿，一年内无法正常行走，而妈妈要照顾他，不能工作了。不得不说，我蒙了。假如我也有一份稳定的工作，这个家的抗风险能力不至于这么低。我火急火燎地请了假，一边夜以继日地照顾父亲，一边处理工作上的琐事。

有一天，我坐在爸爸的病床边陪他聊天，他突然抬起头看着我，慢慢说道："如果以后，你想把你的工资寄一些回家，我就帮你存着，等你结婚用。"晚上照顾他睡下之后，我躺在临时病床上。医院里十分安静，只有走廊里青白色的灯光透过窗帘的缝隙照进来。我想着今天爸爸说的话，慢慢地像抽丝剥茧一样，看到他话里的核心。他是在告诉我，这个家的经济压力不需要我来承担。他是在告诉我，即便我任性地选择了违背他们期待的一条路，他依然不会责怪我。想着想着，泪便不停地涌出。

爸爸出院后，我又回去工作。省吃俭用之外，我挤时间写文章投稿，想要成为家里的依靠。我会在完成公益间隔年之后，认真找一份足以养家糊口的工作。我要努力在自由与责任之间找到一个平衡点。

除了父亲受伤时没能及时赶回照顾，我从未后悔过公益间隔年的选择。在毕业时，我放弃了一条安稳的顺其自然的路，也因此得以看清了内心的恐惧和爱，而我将更有勇气走未来的路。

高考失利之后，我发现了生命的真谛

◎尧 竹

从初中到高中，一直认为只要自己努力学习并超越他人，我便是找到了生命的意义。为此，我拼命学习。功夫不负有心人，我的成绩牢牢占据全班第一和年级前十的位置。

也许天意弄人，一场高考颠覆了我对生命的看法。当自己与心仪的大学失之交臂时，我陷入了极度的痛苦。"我不能实现自己的理想，连自己喜欢的大学都读不了，我活着还有什么意义！"那段时间，我蓬头垢面、精神颓废，整天就赖在床上，人生陷入了深深的抑郁。

当我陷入痛苦不能自拔时，父母帮我找到了心理咨询师冯大荣老师。或许因为内心痛苦不堪而急于摆脱，我接受了老师的心理咨询。

"生命的意义首先应该是快乐。"看我一脸愁容，老师开门见山地说。快乐是真实的，烦恼是心理不适时产生的副作用，通过修心，人们可以达到"君子无入而不自得焉"的境界，我们可以随时感受到快乐。听完冯老师的话，我才明白原来我一直把自己的幸福与快乐建立在别人的评价上，这是虚荣心在作祟，一旦失去可以炫耀的资本，我就会感到痛苦。

老师对我说："人生的意义是爱。"一个人只有爱自己并把内心的爱"兼济天下"，这种人生才有意义。18岁，我正式回归学生生活，我放弃与同学比拼，毫无保留地回答同学的问题，真实的笑容开始绽放在脸上，把爱和温暖传递给周围的人。18岁，无论法律上还是心理上，我都真正成长为"成熟的人"。

"当你做回了真实的自己，生命的意义就是一种真实的存在。"老师最后向我道出生命的玄机。老师给我做了一个形象的比喻，一块带有杂质的金矿石，因为天生带有瑕疵，无论它怎么粉饰，也始终摆脱不了晦暗、易脆、抗压能力弱的属性，它的价值始终是有限的；同样的道理，一个失去自己的人，无论他有多高的志向，因为内心的缺失，痛苦与自私始终与他相伴，他承担社会的责任也是有限的。而一块纯金因高强度、高密度和高延展性，它不需要做任何修饰，它的特性就决定它能堪大用；同理，真实的自己内心纯洁、善良、无惧并充满爱，历史的重任也就自然落在你的肩上。

四个月十次的咨询，我告别了抑郁，我明白了人生的真正意义就是本性回归。如今，我在一所大学读历史专业，我想研究国学，追求内心那块金灿灿的纯金，正所谓"大学之道，在明明德"。

知识就是岛屿

◎张小失

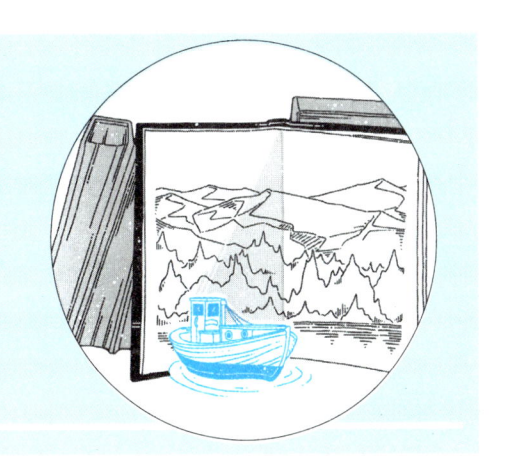

我初中时的班主任来自一个渔民家庭，也许因为长久面对大海，他养成了宽阔胸怀，从未见他发过脾气，更没有惩罚过我们。所以，我们并不"怕"他，倒是经常给他惹麻烦，而我们所在的班级也是全校有名的"差班"。

有一天开班会，班主任向我们讲述了自己的故事："小时候，我和海边的孩子们在一起，比你们今天调皮多了。在一个休渔季节，我们9个小伙伴合计一下，决定偷偷开着家里的小渔船出海玩耍。虽然是渔民的孩子，但我们对真正的大海并没有太深的感受，只是看着大人扬帆远航，心里常充满渴望和激情。那天风和日丽，我们有的在船头唱歌，有的躺在甲板上看探险故事，真是有滋有味。

"下午起了一阵风，我们发现天空中有一些海鸟匆匆飞过，谁也没在意。约20分钟后，天色变了，云层加厚，风也吹得猛了，大家这才紧张起来，决定赶快回家。还没走多远，天就暗得像夜晚提前降临，风越发地狂，浪越发地高，小渔船此时仿佛成了一片孤零零的树叶，在海面上漂浮不定，很难控制。

"一小时过去了，一个年龄比较小的伙伴哭喊：'怎么还不靠岸？'是啊！怎么还不靠岸？老实说，我们已经迷失方向了。比较大的孩子也一筹莫展，互相询问：'你知道方向吗？'又下起雨来了，整只船被水包围，根本弄不清东西南北。时间在惊慌中流逝，天气却不见好转，较小的孩子的哭声严重影响了大家，绝望情绪开始蔓延。

"就在这时，一个伙伴惊叫一声：'看！那边飞过一只鸟！'大家顺着他的手指望去，但什么也没看到。他喜悦地说：'就按鸟飞的方向划船！'有人怀疑地问：'为啥？'他肯定地说：'我今天刚好在看一本大海探险的故事书，上面说鸟能辨别陆地的方向……'情急之中，我们只有按他的说法碰运气了。果然，不到20分钟，我们前方出现一座岛屿。天晴后，我们才知道，这座岛屿距离海岸约5公里。"

班主任说到这里，微微笑了。我们也松了口气。"看看吧，一个小小的知识，救了9个孩子的命。"班主任说，"知识是多么重要啊！虽然上岸后家长将我们一顿痛打，但是，那本探险故事书被村子里的人奉为神明，送进祠堂妥善收藏。"

我不敢说这个故事改变了我所有的同学，但是，我是深受感动的——在危机四伏的大海中，知识就是岛屿，就是生命的栖息地。

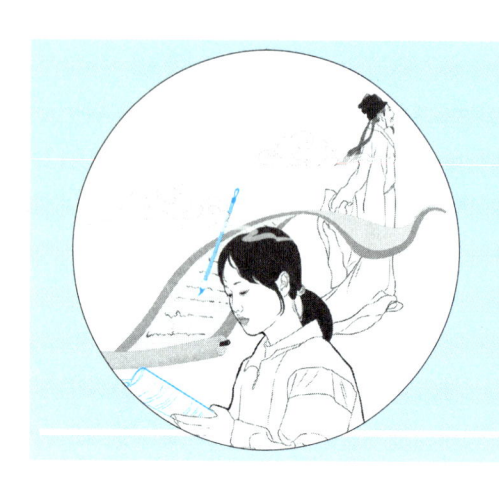

背诵到底意味着什么

◎张 丰

在镇上读初中的时候,我爱上了背诗词。对一个农村孩子来说,记忆力不是问题,问题是我并没有太多可以背诵的诗词。那时的读物就是语文课本,里面也只有几篇是古诗词。在附录部分,还有一二十首,那是选读的,也就是今天孩子们的扩展阅读。

初二的时候,语文老师就让大家在早自习时背附录里的诗词:"一个早上背两首,谁先背会就可以回家吃饭。"几分钟后,我就走上了讲台,在老师面前背了出来。走出教室的那一刻,有一种发自内心的自豪。

背诵最大的乐趣,在于其节奏感,不管是否理解其中的深意,摇头晃脑地背出来,自有一番乐趣。这就是所谓韵律的魅力吧。那时我抓到什么就会乱背一通。在一本书上看到圆周率,3.1415926……从左上角开始排,排成一个又一个圆,中间是一个省略号,这种由数字组成的图片,看上去就像一个空洞,让人想起无限的宇宙。我爱上了背诵圆周率,像背诵古诗那样,以5个或7个数字为一个单元。那张图上的数字应该是小数点后600位,不过我没有背完,只背了100多位。不是没有耐心,而是数字很难押韵,背诵带来的快感也少了很多。

这种无聊的背诵,在某种程度上拯救了我。上学后,一直到三年级,父母才发现我是先天性近视。父亲带我去市里的眼科医院配了一副眼镜,在戴上的那一刻,世界从未那么清晰过,脚下的土地是如此陌生,以至于我迟疑了一会儿,才敢迈出第一步。

当时,眼镜在镇上的小学还是稀罕物,谁戴眼镜就会被同学讥讽为"牛眼结冰"。我为了拒绝戴眼镜,曾悄悄把它455坏。我无法看到黑板上的板书,所以我的学习全靠听和自己对照课本,这样,背诵的作用就凸显出来了,尽管数学一直很差,但是依靠背诵,我的语文成绩一直很好。

到了初中我如法炮制,不但背古诗词,还背英语、背历史,在应试教育的海洋里,我一直靠这个笨法子为生,那是相当孤独而快乐的旅程。背诵这种怪癖也催生了我阅读的兴趣,或者是文字本身的魔力,在你背诵时,就真正被文字俘获了,你必定会爱上阅读。我读《隋唐演义》后可以把书中内容完整地讲给小伙伴听,虽然不是背诵,却不会有任何细节上的差错。

记忆力是神奇的东西,如今绝大多数诗词我已忘记,我甚至记不得小学和初中老师的名字了。而那段热衷于背诵的时光,就像一场梦一样。

想去送外卖的学生

◎田 泓

我决定放学后找彭二谈谈。彭二是我们班最调皮捣蛋的学生，我和他沟通了几次，效果都不是很好，我感觉他的心思不在学习上，听说他打算高中毕业后去送外卖。

他说："老师，在学校里学习真的太无聊了，老师天天给我们讲要考大学，就像画大饼一样，还不如早点去工作。"

我没想到他居然有所准备，我便问他："既然你已经想好了，那就说说高中毕业后的打算吧，你不会真的想去做外卖小哥吧？"彭二有些自信地说："我想送外卖、送快递，我听说在广州送外卖，一个月也能挣六七千元！"

我反问他："你送过外卖吗？"彭二一愣，摇摇头。

既然你打算去送外卖，那我今天就让你体验一下送外卖的生活。我指了指一边的答题卡说："这里有960份'外卖'，你需要把它们送到24栋'居民楼'里，这比真实的送外卖要容易很多，所以我把时间限定为30分钟，到时间没有把'外卖'送到'居民楼'里，客户到点吃不到饭，就会投诉你，投诉就要扣你工资。"

我还没说完，彭二就兴高采烈地去"送外卖"了。刚开始"工作"的彭二积极性很高，他在地上划分了24个区域，拿起一沓答题卡就开始分起来。广东的夏天很热，不一会儿，彭二就显得有些烦躁了，答题卡杂乱无章，越是着急，出现失误的频率越高。

我看着时间到了，就让彭二停下手里的工作："给我说说你刚才半小时的体验吧！""累！"彭二有些心虚地说。我趁机说："你可以想象一下以后的生活，每天骑着电瓶车，一个劲儿地送外卖，一天要重复几百次，不能玩手机，甚至没时间上厕所。"

彭二听到这里，脸上的表情已经变得严肃起来。看到彭二的表情变化，我最后说："工作不分高低贵贱，但是，为了生存工作和为兴趣工作是两码事，你通过学习找到更高的平台，才会有更多的选择。你是个聪明的孩子，我希望你能理解我的意思。"

彭二此时连连点头。就在彭二准备离开办公室的时候，我决定再敲打一下他："彭二，你要是还想高中毕业后就去送快递，那就把八学科的答题卡也分完吧，让你早点积累送外卖的经验是很有必要的！"

还没等我说完，彭二就一溜烟跑了。

师者的眼睛

◎梅 寒

那个孩子是我第一次做班主任时遇上的一名学生，长得黑黑瘦瘦的，成绩不是很突出，在班上总是默默无闻的。如果不是他有一次给我惹了祸，我到现在对他可能都没有多深的印象。

有一天晚自习，他竟跑到宿舍去洗衣服，给校长逮个正着。校长大怒，在全校的大会上点名批评了我，罪名是管理不严，导致学生目无校规校纪。

正在气头上的我早把宽容与理解抛到了脑后，我让他解释一下逃课洗衣服的原因，然后在全班同学面前做检讨。他脸红了，一副眼泪都快要流下来的样子。但他一直沉默，不认错也不解释。我问他要了他父亲的电话号码，气咻咻地将电话打过去。

那天下午，一名五十多岁的男子敲开了我办公室的门，正是孩子的父亲。他说他是从建筑工地上直接过来的，那一身满是泥点子的粗布劳动服也印证了他的话。我心里忽然涌出一股难言的滋味儿。

上午的火气已下去了好多，我的态度也温和了不少，大体同他讲了一下孩子的情况，让他加强教育。

不一会儿，孩子来到我的办公室，倔强的孩子终于低下了头："老师，是我不对，给您添麻烦了，以后我一定改……"泪水顺着他瘦瘦的脸流下来。"知错就改就是好孩子呀，其实你的错误并不仅仅在于你晚自习回去洗衣服，更在于你的态度……"我语气缓和下来，让他回去上课。

孩子抹着眼泪出去了，旁边的父亲一直看着儿子的背影远去，方如释重负一样松了一口气。

"这位家长，没什么事了，您……"

"老师，是这样……"他从口袋里掏出五张皱巴巴的十元票子交给了我，"麻烦您把这五十块钱交给孩子，让他再买一身换洗的衣服。我知道，他是因为没有换洗的衣服才抽晚自习的空儿去洗衣服的，第二天他还要穿它……这孩子懂事，知道我们家困难，从来不开口要的。我给他，他还是不会要的，您就说这是学校要求，在校着装要求干净整洁。"他的脸有些红了。

我原本想着不接过来的，但我不敢轻视一位父亲对孩子殷切而无声的爱。

也因为那次经历，在此后的从教生涯中，在面对一些所谓的"问题"孩子时，我再也不敢随意为他们贴标签下定论。他们的真实，需要师者心上那双眼睛才看得清。

回 甘

◎高自发

咖啡初入口,苦中带着酸夹着涩;若能含住细细品味,舌尖便有了淡淡的甘甜。这种甘甜的获得,仿佛翻山越岭赶了一夜山路,突然看到远处人家屋里透出一缕昏黄的灯光。

滋味由苦涩变甘甜,是为"回甘"。一个"回"字,道出了甘甜的秘密:甘一直都在,不过是藏在苦中罢了,只有有勇气咀嚼和懂得品味的人,才能最终尝到"甜头"。

人生的滋味很像咖啡的回甘。苦难和挫折常常来敲门,让人无助又悲伤,若能咬牙挺住,往往会峰回路转。风轻云淡时再回味那段苦日子,虽然不免心有余悸,但会感激痛苦激发了自己的斗志,让人变得坚强,越发觉得平平淡淡也是一种幸福,一帆风顺的日子更值得珍惜。

当下的幸福指数,往往受曾经的痛苦影响。过去的痛苦越深,现在的幸福感越强,这就不难理解为什么早些年挨过饿的人会特别珍惜粮食,而从未挨过饿的人往往挑肥拣瘦。

经历过苦才懂得甜,这是"回甘"的妙处。苦日子里熬出来的人和蜜罐里泡大的人,对待人生的态度和抗压能力迥然不同。前者常常有异乎寻常的韧性,百折而不挠;后者则往往比较脆弱,经不起生活的打击。

一路顺风，亲爱的陌生人

◎ 柏邦妮

> 姑娘，别哭了，不值得。人生一点一滴都很珍贵，不能浪费。

我有个怪癖：特别爱跟陌生人聊天。坐"顺风车"遇到有趣陌生人的概率更大了。

我记得去年冬天的一个雪夜，叫车等车，折腾了快一个钟头，又冻又饿，我心情烦躁，但载我的这个车主乐乐呵呵，谈吐特别温煦。他四十来岁，说车上有水有充电线，还有小零食，不怕堵啊，咱们堵车不堵心！他一路跟我聊天，妙语如珠，我简直如沐春风。

最伤心的一段路，是失恋的时候。那天清早，我强撑着上了车，可情绪和眼泪都抑制不住。车主是位大爷，他给我递了一张纸巾，问了几句话。我没说几句，就说不下去了。大爷打开车窗，透进来一点凉风，然后语重心长地宽慰我。他说："姑娘，别哭了，不值得。人生一点一滴都很珍贵，不能浪费。"

我一边抽泣，一边掏出小本子，把这些金句给记下来。也许有时候，陌生人是最好的心理医生。不是因为他有多专业，而是最需要的那一刻，他恰好出现。

我记忆中最漫长的一段路，是今年过年带猫回家的那段顺风车旅途。车主是一对"90后"小夫妻，我和猫坐在车后座，这一坐就是1400多公里，开了整整15小时。车刚开过山东，就闻见刺鼻的臭味：猫闯的祸。小夫妻倒很平静，一点也没抱怨。到了休息区，我连忙整理猫厕所，小姑娘帮着用纸擦干净猫全身，让我很感动。

你跟原本不可能认识的人，搭在一起，顺了一程。下车，人散了，大概是再也不会见了，但是，好像又有什么留了下来。什么留了下来呢？缘分。人活一辈子，一起走一阵子，是缘分；同坐一条船、一程车，共历一场雨、一场雪，都是缘分。缘分，是一种不由分说的东西，让聚散在一起的人，深深浅浅、悲悲喜喜地有了牵绊。

那是一张张神态生动、表情鲜活的笑脸；那是一个个各自努力，也许平淡，但不乏闪光的人生；那是一段段轻松、不设防的陪伴；那是这座巨大的城市里，最微小的理解和体谅。短暂的陪伴，原来不认识的人因此有了关联。那来自陌生人的善意，那朴素的一点点温暖，化作人世间最珍贵的礼物。

谢谢你，一路顺风，亲爱的陌生人。

黑眸子

◎ 赵丽宏

在临近九寨沟的山路上，我们的汽车被一群山羊挡住了。放羊的是一个七八岁的藏族小姑娘，她站在公路中间，不慌不忙地挥动着鞭子，把羊群赶到了路边，然后双手叉在腰间，看着我们的汽车慢慢从她身边开过去。这小姑娘穿一身黑红相间的衣裳，一根长长的辫子盘在头上。和她的目光相遇时，我不禁一愣。

她的眼睛并不大，却又黑又亮。从那一对黑眸子里流露出来的，不是好奇，也不是惊惧，不是欢悦，也不是忧愁，是一种我说不清楚的情绪。她默默地盯着我，黑黝黝的眼睛很清澈，很深，也很平静。

羊群和小姑娘消失后，我的眼前老是闪动着那双黑而亮的眼睛。一个七八岁的孩子，怎么会有这样的目光？

傍晚，在一个藏寨附近，看到一个摆在路边卖小工艺品的地摊。地摊上的藏族工艺品很吸引人，有各种形状的骨珠项链，有镶着绿松石和玛瑙的手镯、戒指……等抬头问价时，才发现地摊前坐着一个二十来岁的藏族小伙子，他安安静静地注视着我，绝无一般小贩的那种急切和殷勤，我从他的地摊上挑选了一大堆工艺品，他只是微微一笑，接过我的钱，一点也没有因为做成了一笔不错的生意而激动。

他的眼睛也特别黑，那种平静的目光使我感到熟悉。是的，他使我想起了那个放羊的小姑娘，想起了她那对黑而明亮的眼睛。

后来在九寨沟又见到不少藏族同胞，我总觉得他们的黑眼睛很像，他们的目光也很像。面对这样的目光，你也会平静下来，就像面对着一片澄澈而幽深的湖水。在九寨沟，有很多这样的湖。我想，也许是这些藏族同胞从生下来开始，便置身于宁静如画的山水中，他们的视野里，从来没有污浊，从来没有喧嚣，有的只是世界上最纯净的水，最青翠的山，还有深蓝的静海一般的天空，所以才会有这样明亮的黑眸子，有这样清澈的目光。离开九寨沟很久了，我还常常想起他们的眼睛。我甚至可以想象他们视野中绿色水晶似的湖水，湖面上倒映着蓝天白云，湖底躺着已经变成化石的千年古树，晶莹的小鱼在古树枝丫间穿梭……

目光浑浊的人啊，你难道不向往这样的境界吗？

> "她默默地盯着我，黑黝黝的眼睛很清澈，很深，也很平静。"

重的东西，要轻轻地放

◎桃花石上书生

> 那些主题苍白无力而格外考究辞藻、格外大声疾呼的作品，是演给恐慌着却未曾经历的人看的。

医院的住院部是个与外界格格不入的地方。这里干净，散发着消毒液的气味，白色帘子把阳光都遮住，下午，人都睡思昏沉。病房里有三张床。我婆婆的床靠门，中间床是个老妇人，和婆婆在同一天住进来。她们都已经住了半月余。靠窗子的六号床则一直在换人。

起先是个形容枯槁的老年女性，有男性陪同，我开始猜是她儿子。后来才惊讶地得知她只有34岁，那男性是她的丈夫。她得了严重的红斑狼疮，头发掉了很多，于是把头发剪得很短，黄黄的脸上有不均匀的红斑。有天晚上她刷牙之前，叫丈夫把盥洗台的镜柜打开。我先去洗手，顺手把镜柜又关上了。之后她去刷牙，不小心照到镜子，小声惊叫"哎哟"！声音里满是惊恐和厌恶。

她没几天就出院了，她丈夫告诉我家人，她可能熬不过去了。

接着来了个年轻男生，只有16岁。他得了罕见的恶性淋巴肿瘤，左肩已经开了一刀，腰侧也挨了一刀，但是肿瘤细胞可能还在扩散。他还这么年轻，你会觉得，太不公平了！为什么不匀一点时间给他！

后来六床又住进来一个胖老太太，是因为胃部长瘤才住院开刀的。一双儿女陪着，都是身形雄壮，嗓门如雷鸣。晚上洗澡的时候，老太太也不进洗手间，就在盥洗台前脱光光，一点也没觉得不好意思。可是每到早上，她坐在床头，压低嗓门读佛经，手上的经卷都翻旧了。我一下子就不讨厌她了。

病房外面走廊有一块空地，放着圆桌和椅子，有时候我就坐在外面看书。隔壁病房里有个不能动弹的老头，有时候会发出呼噜呼噜的痰声，在安静的住院区，声音大得怪异，仿佛这是他唯一的生命运动。

陪护的时候，我坐在婆婆的病床、壁柜和床头柜形成的凹形空间里。陪床其实非常无聊，病人很多时候在睡觉，事件密度非常之低，和挤公交车、排队的情形很像。

年轻的时候，我们总是急急要去表达什么，努力要一鸣惊人，死亡正是个好题材，因为觉得死亡刺激、神秘、旷远。那些主题苍白无力而格外考究辞藻、格外大声疾呼的作品，是演给恐慌着却未曾经历的人看的。渐渐知道，生与死这样重大的主题，就是该轻声说的。重的东西，要轻轻地拿，轻轻地放。

我的焦虑症，被一位百岁老人治愈了

◎毛利

我去电影院看了一部看起来很阳光的电影，《老爸102岁》。电影有两个男主角，70多岁的儿子和102岁的爸爸。

做人要怎样才开心？老头告诉活得很紧张、很小心翼翼的儿子，要做所有让自己开心的事情。写封情书给已经过世的老婆，爱情很美的，就算曾经拥有的爱情也很美，回忆自己的童年，回忆自己小孩的童年。

剧情忽然从此处急转直下，变成了另一个挑战，老头跟儿子说："你儿子不怎么样，去美国念大学花光你所有的钱，还老是惦记着你的家产，这些年他从来没回来过。为什么要这种儿子？

就是在这个地方，我忽然觉得中年人的焦虑得到了某种不可思议的缓解。我这样的成年人，最大的焦虑来自小孩。拼命工作努力养家，有时候目的很单纯，想给小孩一个更好的未来。心想小孩一定要混得比我好才行，为了这个，很多人倾其所有，在所不惜。

看了这部电影才发现，培养出一个自私自利，只为自己的浑蛋精英，到底有什么用呢？

人的确是自私的动物，可"我们在这个世界上辛苦劳作，来回奔波是为了什么呢？所有这些贪婪和欲望，所有这些对财富、权力和名声的追求，其目的到底何在呢？归根结底，是为了得到他人的爱和认同"。

中年的时候，拼命想要培养优秀小孩，却忘了告诉小孩，爱很重要。再过四十年，谁在乎这个小孩到底是不是能赚很多钱？只会在乎一件事，他幸福吗？不会成长为一个自以为是的浑蛋吧？

看到电影末尾，我想到我有一阵经常跟朋友说：我想要变老。三十而立，我每天忙得像狗一样，有时候觉得自己是悬浮的，那个原本大大的我，被小孩、老公、工作、堵车……各种事情挤压得只剩下小小的百分之五。什么也不剩的我，越发觉得，如果退休就好了。

退休后，我要像《老爸102岁》里的老人一样，只做快乐的事情，反正死了未必是坏事，活着也未必是好事。看完这部电影，回家看儿子，心情轻松许多。

爱比优秀重要。

> 所有这些贪婪和欲望，所有这些对财富、权力和名声的追求，其目的到底何在呢？归根结底，是为了得到他人的爱和认同。

绿皮车上

◎明前茶

"我是被连环画骗上车的。"42岁的郑嫂笑盈盈地说,她是常州人,她的父母大学一毕业就被分配到上海工作,小时候的她被寄养在常州的奶奶家,一放假,她就当上沪宁线上的小候鸟。"你不晓得,20世纪80年代,从常州到上海,绿皮车要停十几个小站,开4个多小时,像我这样的小孩会待得很不耐烦。为了安抚我们,列车员凑钱买了几十本连环画,借给大家看。我当时的想法很单纯,以为当上列车员就可以看遍世上所有的连环画了。这不,一转眼,我在车上跑了23年。"

"当年的家长倾向于来去都把小孩交给同一位列车员,她就像我们路上的妈妈一样。孩子看完了就彼此换书,自然就熟了,成了路上的好伙伴。"

除了当一个额外的小人书管理员,郑嫂干的所有事,都是跑长途的卧铺车厢列车员的分内事:换铺位票,开关车门,扫地倒垃圾,送开水,到了大一点的车站飞跑下去,给车厢里的水箱加满水……但忙得很值。

她记得到上海上大学的一个小伙子,两年半没有回家了,到了吉林市,拿老家的水冲了两包方便面,说隔着那么重的调味料,他都能感觉到水的不同。春运,那个男孩子非但没有买到卧铺票,连张硬座票也没有买到。想是想家得紧,站二十几个小时也要回去;他很聪明,到卧铺车厢来蹭过道的活动座位。按照规定,列车员是可以把这种"外来人员"往外轰的,但郑嫂没有去轰他。

列车在小伙子老家那个小站停下时已是深夜,小伙子已戴上狗皮帽子,打扮得像《林海雪原》里的小分队队员。郑嫂一看,等着下车的就他一个人,忍不住担心:"你家没人来接你?"小伙子得意地笑了:"为了给我娘个惊喜,我打算走十里地悄悄地进村。"

车在小站只停一分钟。外面的空气冻得发脆,雪地冻得像镜子一样,在关上车门之前,郑嫂把自己灌满热水的茶瓶,拧紧盖儿,抛给了他。

郑嫂没有对他提起,自己儿子这年也上大学去了,大学所在城市却不在自己跑的这条线上。

> "小伙子两年半没有回家了,到了吉林市,拿老家的水冲了两包方便面,说隔着那么重的调味料,他都能感觉到水的不同。"

每双劳动的手都优美

◎ 华明玥

要是韦平没有起念做"菜场驻守者与他们的日常生活"的社会调查，这些起三更睡半夜的菜场摊贩，谁也没有注意到自己日夜劳作的手变成什么模样了吧。

这些摊贩老老少少，形貌不一，可当韦平说服他们摊开双手，与自己所售的货品合个影时，他们的眼睛一下子盛满了警惕：这不会是传说中的骗子，想要骗走我们的指纹，让我们支付宝里的血汗钱消失吧？或者，他拍我们的掌纹就是为了给我们掐算运势，再向我们收钱？

韦平试图说服他们，他想做一个有关菜市场的摄影展，让到这里买菜闲逛的人，都能感受到广州这座城市熨帖人心的烟火气，感受到劳作与美的紧密关联。

小贩们操着天南海北的腔调说："我们凭啥相信你？拍这样的照片，对我们的生意有何好处？"韦平说："我也不知道对你们的生意有没有好处，这样吧，到时我多冲洗出一张照片来，你们可以把它和你们的营业执照挂在一起，看看自己的手，能不能多招揽一些生意。"

韦平没有想到，正是这最后一句话，打动了上至70岁下至20岁的摊贩。

卖杂粮的摊贩摊开了手，指缝里有米屑，大拇指上有砸核桃剥核桃留下的伤疤。卖腌菜的摊贩摊开了手，腌菜汁深深地浸润了每一条掌纹，好像隔着镜头都能闻到那股咸鲜之气。卖海鲜的摊贩摊开了手，海鲜不是在水中游弋，就是在碎冰上陈列，他的手怎能不苍白肿胀？卖蔬菜的摊贩摊开了手，她是全菜场公认最劳碌的人，每天都要运菜、理菜、码菜，还要把毛豆和青豌豆剥出来。而她的手，也在这一日日的码放、整理的过程中变得沧桑起来，她的指甲缝里全是洗不掉的菜汁，关节粗大膨出，整双手却洋溢着慈祥平和之气。

韦平的摄影展在半夜布置好了。开展第一天，清晨五点半，菜市场的卷帘门刚拉开，卖西红柿的摊贩就发现了自己的手，张开在小山般活泼圆润的西红柿上，那仿佛是世间最饱含倾诉欲的手，有坚定的信念又充满疲惫。

一整天，除了忙生意，摊贩们都在摄影展上找自己的手，他们仿佛也是第一次见识到自己的手，蕴藏着那么多酸甜苦辣，又蕴藏着难以言表的美。

> 卖蔬菜的摊贩摊开了手，她的指甲缝里全是洗不掉的菜汁，关节粗大膨出，整双手却洋溢着慈祥平和之气。

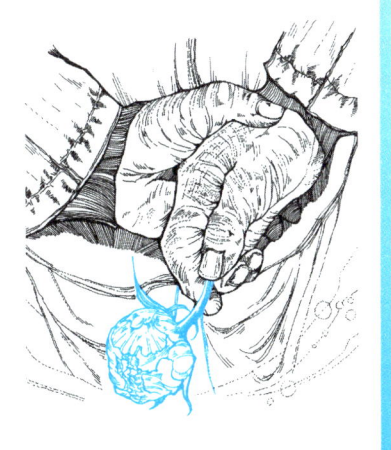

讨缘

◎骆瑞生

> 快拿回去，我说了是讨缘的。

小时候春节前后，常有人来送财神和春联，大多是老人，也有中年人，不过看他们的样子都很萧瑟，站在每家屋前唱《财神歌》，絮絮叨叨的，也听不清楚唱的是什么。唱完后就发财神和春联，而主人家照例要给他一块钱或者几斤粮食，不过后来人们都是给钱的，只有实在拿不出钱的穷人家才会给玉米和稻米。我小时候对这些很着迷，每年冬风萧瑟时我就期盼着送财神的人来，因为那样的话我就又可以追着他们听歌了。

我爸爸生病了，家里已经没有钱了，我倒不是担心我家今年过年没有财神和春联，我担心的是要是老人去我家唱歌，却被妈妈拒绝时他会难受，而我妈妈也会难受，因为这又一次提醒她，我家是整个村里唯一买不起财神和春联的人家。

可是老人依然叩响了我家的门，妈妈打开了门，老人拿着财神和春联，唱了没两句，妈妈赶紧抱歉地说："我家不买。"那老人说："没多少钱的。"妈妈更难堪了，她低下头去，重复了一遍说："真的不买。"

这时屈辱的泪水一下子从我的眼眶里涌出来，我的鼻子发酸，眼睛发胀，在充满草药味的屋子里，我的泪水哗哗地掉出来。老人一下子明白了怎么回事，他闻到我家那么浓郁的草药味就该明白的。妈妈都没有反应过来，老人就已经下了坎，向下一家去了。我赶紧追了出去，妈妈忙叫住我说："小跃，你把这苞谷给他。"说完妈妈就去装了一袋玉米递给我，我望着那袋玉米，那因为贫穷而产生的屈辱一扫而空，我提着玉米赶紧追了上去，没一会儿就追上了老人。我抄到老人前面，然后将玉米递给他："我妈妈说给你的，抵钱。"

"快拿回去，我说了是讨缘的。"

我没说什么，就拦在他前面，手一直将玉米递在他面前。他那树皮似的脸终于裂开了，笑了笑说："你还真固执。"我的声音突然哽咽了，说："你是唯一给我家唱歌的人。"老人听到我的哭声，便将玉米接过去，放进了背篓里。

我说："什么是讨缘？"老人说："现在我就讨到缘分了，和你的。"我心里想着：你明年一定要来啊。可是他第二年没来，第三年也没来，以后就再也没来了。而我和他的缘分也到底尽了吧，只可惜我们的缘分并没有多讨要到一点。

二十米

◎ 胡炎

二十米，是走廊的长度。女保洁员看着那些危重的病人，从走廊西侧的门进入，而后，多数人被从走廊东侧的门推出。进出时，他们都安静地躺着。

女保洁员想，生与死，大约也就二十米的距离吧。她在ICU从事保洁工作已经多年，这二十米她来回走过多少次，叠加起来是个什么数字，她不知道。她多数时间都弯着腰，左手笤帚，右手撮箕，或者两手攥着拖把，自西向东，让这二十米的走廊保持干净。累了，她就扶着笤帚，呆呆地站一会儿。又有人蒙在被子下被推出来，只露出两只僵硬的脚。

她也有无聊的时候。她会站在窗口，看夜空中的星星。那些星星眨着眼，显出几分诡谲。她时常会陷入恍惚——那颗最亮的，是祖父吗？这些星星当中，会不会有那些走过二十米走廊的灵魂呢？有时，她也会和人搭讪，比如那个文弱的青年。他戴着眼镜，像一个腼腆的大学生。她注意他很久了，心中一直有一个疑问，青年的母亲病情危重，为何只有他一个人陪护？

"怎么不见有人替你呢？"她佯装清扫他脚下的地面，顺口问道。青年叹了口气："我爸十年前就死了，在建筑工地打工，从脚手架上摔下来，人当场就没了。"

她手里的笤帚抖了一下。

"我还有一个哥哥，三年前出了车祸，也死了。"

她的全身都抖了一下。

"家里就剩下我和我妈，现在，我妈也要走了。"

她愣在那里，表情木木的，眼皮跳了几下，似乎想流泪，但她流不出。她看着青年，想，十年前，他还是个孩子；三年前，他也只是个大孩子；而今，他可能很快就要成孤儿了……她似乎想摸摸青年的头，手伸了伸，又缩回了。她什么也没说，握着笤帚的手，倒是有些发狠了。

青年的母亲去世的时候，她依旧呆立着，无意识地挥了挥笤帚。这么多年，她挥了多少次笤帚，连她自己也不知道。或者说，她几乎没有意识到自己是在以这样的方式向那些死者挥手。她只知道，她得让他们干干净净地走完这二十米走廊，然后变成夜空中的星星。这是她的本分，也似乎是她必须完成的使命。

> "她愣在那里，表情木木的，眼皮跳了几下，似乎想流泪，但她流不出。"

活下去的方式有很多种，有一种叫爱

◎ 韩松落

> 她从此就在他的生命里活下去了。他的改变，就是她存在的证明。

人的生命很短暂，所以，从古至今，人们都想尽一切办法活得久一点。有一种办法，是在别人的记忆里、生命里活下去。山内樱良尽管只有十七岁，却已经懂得了这个道理。动画电影《我想吃掉你的胰脏》讲述的就是这样一个故事。

志贺春树是个很"丧"的年轻人，在图书馆做管理员，喜欢没有变化的生活，也不喜欢人际关系，没有朋友，没有爱人，独来独往。山内樱良是个活泼的女孩子，只有十七岁，却患上了胰脏疾病，生命的终点就在不远处。志贺春树在医院捡到了山内樱良的日记，日记名叫《与病共存》，两人就这样认识了。故事一开始，志贺春树就知道山内樱良得了绝症。

故事的结局不难想到，但《我想吃掉你的胰脏》就在一点一点的情感进阶里，讨论了生命的热情何在这样宏大的问题。

疾病会催人早熟，何况是绝症。山内樱良生来乐观热情，活泼得像是身体里有台永动机。她已经想清楚了生命的意义是什么。生命的意义，就在和他人的关系里，在牵手、在并肩行走、在爱里。和她比起来，志贺春树更像个濒死之人。但这样的性格，也有这样性格的好处。他会坦然而漠然地问她："你得的是绝症吧？"并且不把她当病人看待，不像别人那样小心翼翼。

这样的他和这样的她，才会产生化学反应。他就像灰色，可以衬托一切颜色；走和不走对他来说是没有区别的事，所以是最合适的旅伴；他淡漠，所以才容得下她的灿烂、动荡。

表面看起来，是她改变了他，渗透进了他的生命。他被唤醒了，不再懵懵懂懂，对爱和痛苦一视同仁、一把抹平，他开始意识到生命中的热情在哪里，该怎么捕捉它们，真正成了"春天的树"。

实际上，她也被改变了。她终于感受到了平静而真实的幸福，在拖着他走的过程里，重新看到了樱花、烟花，闻到了春日咖啡馆里咖啡的味道。她从此就在他的生命里活下去了。他的改变，就是她存在的证明。

在爱人的记忆里、习惯里活下去，活成他生命的一部分，我们就不怕死去，不怕丢失，不怕进入黑夜的漫长旅程。

我在可可西里无人区巡山

◎ 徐 晴

我叫尕玛英培，今年42岁，是玉树人。2007年我来到可可西里管理局巡山队工作，到现在有13年了。

巡山不是一两天就能完成的，经常是十天半个月出不来。走在无人区的时候，感觉天地非常开阔，一望无边。远处是皑皑的雪山，天特别蓝，云多，空气好，能看到很多动物，有藏羚羊、野牦牛、藏野驴，还有黄羊。动物一看到人会先盯着你，它在猜测你这个人是不是危险，你也在猜测这只动物是不是危险，双方心里都害怕，对视一分钟之后，它掉头跑掉了。

巡山很枯燥，开车的时候只能四五个人一起聊天、听音乐，打发时间。进山之前我都录孩子的视频，还有照片，想他们了我就拿出来看看。山里手机没信号，他们不能打电话给我，只能我用卫星电话打给他们。卫星电话一分钟8块钱，不能聊天，就说"我现在在山里很好"就完了。不是我一个人打，其他队员还要打。万一打到欠费，我们连救援电话都没有。

山里没办法洗澡，一个月不洗澡，到了城市后自己好像变成了野人。走在路上，车又多，人又多，感觉自己从原始社会回到了现代社会，都不适应了。

我现在在五道梁保护站工作，平时巡山、巡线，到了藏羚羊迁徙的季节，最重要的事情是给它们保驾护航。

藏羚羊是有灵气的，你抱着小羊用奶瓶喂了一两次以后，它就习惯了你身上的气味，就算母羊或者其他羊在外面，它也不走，它感觉你像它妈妈一样，一直跟着你。放生小羊的时候，大家心里很不是滋味。一放走，它又跑过来，跑过来又把它赶走。它一直回头看你，心里真的好难过。赶走它两次，它就跟着羊群走了。羊跟羊都长得一样，分不出谁是谁，无人区太大了，以后可能再也见不到它了。

藏羚羊是高原的精灵。这种动物脾气很温和，对人没有敌意，也没什么攻击性。茫茫大地，很安静，突然看到了一只藏羚羊，就觉得很亲切，像我的家人一样。每次看到大量迁徙的藏羚羊，我都激动，心里想，你来了。

在这样的世界里，自己很渺小，人很渺小。云是低的，天也很低，这是离太阳和天空最近的地方。

> "每次看到大量迁徙的藏羚羊，我都激动，心里想，你来了。"

一碗面条的吃法

◎孙道荣

> 我们吃下的不仅是一碗面条，还是有滋有味的生活。

小区边有家面馆，生意火爆。我也常去吃。店里的桌子，都是四人座，两两相对。因为食客多，常常一座难求，陌生人不得不拼桌。

一次，坐在我对面的，是一对情侣。服务员将面条端来了，男的是牛肉面，女的是鸡蛋面。男的拿起筷子，将碗里的牛肉，一块一块夹到了女的碗里。女的一边说够了，一边将自己碗里的煎鸡蛋，夹到了男的碗里。然后，两个人才开吃，很幸福的样子。

一对中年男女，坐在我面前。面条上来了，两碗青菜面。女的将两只碗并在一起，用筷子从一只碗中捞起面条，夹到另一只碗中，面条堆得小山一样。男的说："差不多了。"女的说："我不饿，你下午还要上工地呢。"男的说："那你多吃一点青菜。"说着，用筷子将自己碗里的青菜，全夹到了她的碗里。

还有一次，我身边坐的是一家三口。孩子的是大排面，大排很快就吃掉了，面却没吃几口。妈妈说："你再吃几口面条嘛。"孩子摇头说："我吃饱了。"妈妈夹起自己碗里的鸡块："那你再吃几口鸡肉吧，很好吃的。"孩子嘟囔了一句："你不要把你吃的东西夹给我好不好？这样不卫生。"然后，便埋头玩手机。爸爸抬头看了孩子一眼，将孩子的面端过来，哗啦哗啦吃起来。

傍晚，对面坐着一个姑娘。一会儿，她点的面条也端上来了，两碗都是牛肉面。没想到，这姑娘一个人竟然能吃两碗面，我正暗自惊讶。姑娘拿起手机："你快点啊，面条已经烧好了。"原来还有个伴。打过电话，姑娘拿起筷子，将一只碗里的牛肉，全夹到了另一只碗里。然后，开始吃面。一个小伙子气喘呼呼地跑来了。姑娘说："快吃吧，面条都有点凉了。"小伙子兴奋地叫了起来："哇，今天这碗面有这么多牛肉啊！"姑娘笑笑。小伙子说："你又把你的牛肉，都夹到我碗里了吧？"姑娘还是笑笑。小伙子夹起一块牛肉递到姑娘面前，姑娘笑吟吟地张开了嘴……

这是我家附近的面馆，它让我觉得，我们吃下的不仅是一碗面条，还是有滋有味的生活。

炒饼老胡

◎暑假

老胡已经两天没上工了。他摸摸兜里还有几块钱，没有干活却觉得饥饿难耐，就去不远的摊上要了一份炒饼。油滋滋的饼丝，放上几根黄里透绿的包菜，鲜香四溢，好像各种滋味尽在其中。他看着那位干瘦的、套着两只护袖的老头儿，心里生出一种敬畏之情。那以后，炒饼摊上就多了一位常客。

也许是机缘巧合，一次给儿子找工作，买了两瓶白酒托托关系。结果那位正主嫌弃酒的档次太低，手摇得像拨浪鼓，把他给"请"出家门。他看着逐渐散去的人群，又看到炒饼摊的老师傅，心头一动，跑到摊子前毕恭毕敬地说："老师傅，您尝尝这个吗？"

那顿酒，开启了老胡的学艺之路。可能两人酒味相投，老师傅把真手艺传给了他。渐渐地，老胡没了师傅也能干上半天。老师傅说，干咱们这个，凌晨两三点起床是常有的事。东西当天卖，所以一定要当天准备，不能弄隔夜的东西糊弄人。一百份餐，有一份出了问题，不光是你的招牌完了，良心也过不去啊。听完这句话，老胡就出师了。

有一个穿着蓝制服，专门跑外卖的骑手，看起来很面嫩，实际和自己已经结婚生子的儿子差不多大。他们常在中午休息时，有一搭没一搭地闲聊。去年年底，这个叫"小黄"的骑手的家里出了事，父亲在家里被砸到大腿受伤了，小黄急得焦头烂额。老胡听罢没有说话，第二天就给他拿了一万块钱救急。小黄嘴笨，感谢的话都没多说，只是一再强调会还给他。小黄走后，邻摊的人善意地劝说："以后少管闲事，八成是被人给骗了。"

老胡也辗转反侧想了一整夜，一万块钱对自己来说还是挺多的。但是另有一种细细的、不易察觉的东西，挑动着他的心，让他不能视而不见。

等了几个月，慌了几个月，小黄终于从家里回来了。不光还了他的钱，还送给他一箱好酒。原来这次回家小黄不仅看望了父亲，他还把自己的亲事给定下来了。那晚老胡拆开小黄送的酒，撸起袖子去厨房里噼里啪啦地忙活了一会儿。一锅香喷喷、热烘烘的炒饼就端上了桌。老胡说："人活一辈子，不就像这锅炒饼？别看只有白面皮、大包菜，只要你肯用心，一样有滋有味。"

> "东西当天卖，所以一定要当天准备，不能弄隔夜的东西糊弄人。"

张铁匠

◎贾平凹

爷爷是铁匠，爹是铁匠，张铁匠也打二十年铁了，要把手艺再传下去，儿子却越来越心不在焉。村子里已没了牛，连狗都没有了，来买锨、锄、镢头的人越来越少。铁匠铺的炉火再不日夜通红，大锤子小锤子的敲打声，响一会儿就消停了。

他问儿子："咱村你那些同学去了城里？都不种地啦？"儿子说："种一年地抵不住打一月工。"他告诫儿子："这不会长久的，是农民哪能不种地？种地能不用农具？咱多打些铁货放着。"父子俩打造了一批铁货，却一直堆放在柴棚里，一件都没卖出去。

儿子每天一早往镇上跑，天黑才回来，后来就十天半月不回来。终于回来了，却让爹打造一批铁叉。张铁匠问："做铁叉干啥？"儿子说："城里游客去河滩体验叉鳖，按时间收费，一小时四十元。"张铁匠说："还有这事？"他打造了四十个铁叉，儿子和他一手交钱一手拿货。不久，儿子又订新货了："你打钉子，能打多少我就收多少。"说是要在临河岸上修三千米长廊，钉子的需求量很大。张铁匠再生炉火，开始打造钉子，白天打，夜里还点了灯打。

这天下雨，铁匠铺外边的场子上积了水，雨还下着，水面上的雨脚像无数的钉子在跳跃，张铁匠突然就不打了。他耷拉着脑袋坐在里间屋去吃烟，里间屋黑咕隆咚，他不愿见外人，自己也见不得自己。

儿子回来了，还领着一个人，说他是来收货的。张铁匠说："不打啦！"那人说："咋不打啦？货款都带来了。"张铁匠说："不打啦！丢人哩，我这么大的铁匠，就打这些小零碎？"合伙人却嘿嘿地笑，说："这有啥呀，老爷子，只要能赚钱，打啥还不一样啊！"张铁匠一下子火了，一脚却把火炉蹬倒，又一脚把淬火的水桶蹬倒。地上的红炭在水里吱吱冒烟，他像老牛一样地呜呜，哭鼻子流眼泪。

张铁匠到山上，在父亲和爷爷的墓堆前蹴了一整晌，站起来往远处看，白芦峪河是一条线。那线的拐弯处是镇街，更远更远的云外是县城省城吧。他一步一步再下山回铁匠铺，开口唱起小时候学会的山谣，唱得不沾弦。西头弹棉花店里好像还有嗡嗡声，蚊子似的，声愈来愈细，愈来愈小。

> "他耷拉着脑袋坐在里间屋去吃烟，里间屋黑咕隆咚，他不愿见外人，自己也见不得自己。"

怕的是无处奔波

◎ 林特特

小时候，去姥姥家过年是一件大事。姥姥家在安徽寿县的一个小镇上，汽车只到邻近的"马头集"，剩下的三十里地都要靠步行。当我有记忆时，我已上小学四年级了。那年冬天不太冷，路上没有冰。腊月二十九一早，天还没亮，我就被叫起。爸爸妈妈拎着大包小包，甚至带了一辆自行车。我们在路边站着，直至厂里的司机郑刚叔叔开着东风大卡车出现。

天还是黑的，出合肥市区是小蜀山，车灯闪烁。"就送你们到这啦！"至六安汽车站，郑刚叔叔把我们放下。

妈妈打开随身的包，拿出早就准备好的粢饭。然后就是等，等六安去寿县的车。车很少，也没有固定的点，买了票，一遍遍去窗口问什么时候发车。"快了，快了"，答案千篇一律，什么时候发车呢？却遥遥无期。

下午一点，忽然广播提示去寿县的旅客做准备，呼啦啦，人群扑向车站停车场指定的那辆车。我的脚边是"咯咯"叫的母鸡，很快排出粪便。可怕的是它还有可能啄我的脚，我心惊胆战，又在局促的空间里不停躲闪，竟吓得没敢睡，而困意在下车后袭来。这时，我才知道自行车的用处。

"我带着行李在后面走，你妈骑车带你先行。"爸爸解释。

比小蜀山、母鸡还让人感到恐惧的是我妈的车技。让他们自信的理由是这三十里地不通车，撞也撞不到哪儿去。一家三口向姥姥家前进。路口，有人拿着手电筒，是二姨。我们看清彼此后欢呼起来，二姨一把拽过行李，有些嗔怪："我从下午四点就在这儿看了！"

小路绕小路，巷子拐巷子，在一扇门前停住，二姨边拍边喊："合肥的，回来了！"门打开，许多人站起来，都是亲戚，他们说着带侉音的土话，姥姥在中间笑着。

"今年去哪儿过年？"电话中，我明知故问——七月，姥姥去世了，我以为他们再也不会去寿县。"还回你姥姥家。"妈妈的话让我大吃一惊，她解释，姥姥跟二姨住一辈子了，每年春节大家都回去，多热闹。今年不能因为老人刚走，就让二姨伤心再加寒心。

"反正方便，开车两小时就到。以前过年真是奔波，现在才知道最可怕的是无处奔波，"妈妈叹口气，又强调一遍，"今年还回寿县。"

> 门打开，许多人站起来，都是亲戚，他们说着带侉音的土话，热情地招呼我们，姥姥在中间笑着。

野花一样的少女

◎凌仕江

某年夏天，我陪一个摄制组去日喀则拍片，前后约半个月。

就在片子封镜前的一天下午，演员们都高高兴兴地结伴同行，到著名的扎什伦布寺观光去了，我和导演单独行动，扛着摄像机去霞光万丈的河谷，拍摄一道亮堂堂的河谷晚景。直到天色暗下来，我们才发现回头已无路，更要命的是，肚子咕噜噜叫。可是这寂静河谷，遍地野花，上哪儿去找吃的？我拖着摄像机走了几步路，头剧烈疼痛起来，于是坐在地上一点都不想动了。很明显，我出现了高原反应。

导演接过我肩上的摄像机，一个人在前面摸黑寻路。听说，夏天的夜晚，在极地的无名河谷，凶猛的动物出没多，很是危险。我们选了一块高地，生起一堆火，只好坐在那里僵持着。

长长无名谷，一片水茫茫。月亮在云中穿行了几圈，终于升上山顶。远远地走来了一位藏家少女，她看见有火，惊慌地朝我们跑过来，停在跟前，我忙用藏语向她索取一块糌粑。可西藏高原地貌辽阔，语系复杂，河谷与城市之间的语言交流不完全相通，我想那少女可能是没有听懂我的话，竟无动于衷地跑开了。

不知过了多久，隐约地听见一声清脆的喊叫："呵古拉！呵古拉！（叔叔）快起来吧！"我睁开眼，见是刚才的少女，地上的火苗映在她的小脸上，我仿佛又看见了白天在拍片现场见到过的最多、最美的花，虽然我一直叫不出那花朵的名字，但此刻，它们已把我即将熄灭的灵魂重新点燃。

少女从兽皮袋子里取出两块大大的糌粑。我眼前一亮，原来她听懂了我的话，只是急着要去寻找一只受伤的羊，而忘记了随身携带着的她的生活用具与食品。

我啃着香喷喷的糌粑。少女见我狼吞虎咽的样子，咯咯咯地笑起来，又递上一小壶酥油茶。当我将酥油茶一饮而尽的时候，弯曲的身子像煨着火的铝丝一样立刻从地上竖起来，接过导演手中的摄像机，我们一步不停地回到了日喀则！

后来，少女和那些没有名字的花朵竟成了我们片子里最后一幅特写的画面。尽管片子送审超了两分钟，但导演不忍心剪掉，他摘掉眼镜，擦亮眼睛，对着画面，反反复复地说，想不到你是我拍片中遇到的表情最自然的演员。

> "地上的火苗映在她的小脸上，我仿佛又看见了白天在拍片现场见到过的最多、最美的花……"

您好，这里是110

◎ 魏铭淇

我来自北京110接警中心，是一名接警员。每天，我接到的110电话大概有700个，一年下来有近10万个。

在我接到的电话中，有一些是这样的："喂，110吗？我家孩子不听话，你能不能帮我教育教育他啊？""喂，110啊，我的银行卡被吞了，你赶紧派个警察过来帮我把机器拆开。"这种非紧急、非警务的电话，居然占到了全市接警总量的近40%。

作为接警员，要接好一个电话容易，但要接好几十万个电话可不容易。每一通电话，短的不过十几秒，最长的也不过几十分钟，但永远不知道电话的那一端在发生什么，又即将发生什么。

去年冬天接到的一个电话，让我记忆特别深刻。电话响了，里面没有声音，我喂了好几声，还是没声音。当我正准备挂断时，电话那端隐约传来一个大姐的声音："钱我已经给你了，你把刀收回去。"

刀？可能是抢劫。可是电话里的声音非常小，我想这位大姐可能是把手机放在兜里了。我把音量调到最大，就听到那边说："废什么话，过了红绿灯停车！""是簋街那个口吗？"大姐一定是故意把位置说了出来。有了位置，我一边迅速派警，一边继续听着。

"砰！"好像是关车门的声音。劫匪刚一下车，大姐马上对着电话向我们报警。我一边安抚着她的情绪，一边询问着嫌疑人的体貌特征、逃跑方向、逃跑方式。不一会儿，我们就成功抓到了嫌疑人。在我接到的那么多电话里，这位出租车大姐是最机智的。

我想告诉大家，无论你遇到什么危险的情况，接通110后，关键的是说清楚位置。只有知道你在哪儿，我们才能更快地派警去帮你。

北京110接警中心收到过很多来自全国各地的锦旗，挂满了接警大厅。大家都说有困难找警察，找警察第一反应就是打110，它是我们潜意识里最信赖的存在。它是那个无论你在哪里，无论是清晨还是深夜，都可以随时拨打的电话。我们每一个接警员对大众来说虽然都只闻其声不见其人，但我们会始终坚守在电话线的这一端，守护好每一个人的安全。

> "在我接到的那么多电话里，这位出租车大姐是最机智的。"

补网师阿月

◎虞 燕

> 我接过来，碰到她的手，触感像外婆的手，干而糙。

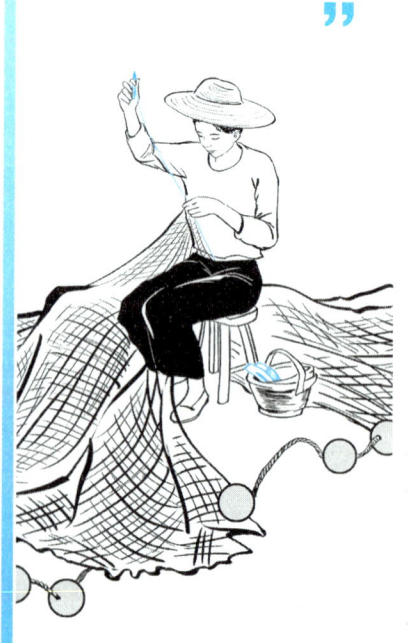

她是岛上的补网高手，男女老少通通叫她阿月老补网。这个老，不是指年纪，是说她手艺好，阿月不到三十岁就被叫作老补网了。不知从什么时候起，岛上的渔船若需拼网补网，头一个就找她。

补网第一步，叫"定眼子"，就是给断开的网绳配对、重新编织网眼。这一步最为关键，阿月拉过渔网，如钢琴师摸到了钢琴，手指在千丝万缕的网绳中跳跃，很快，几个绳头被她抽出，紧捏于指尖，另一只手伸向工具箱，一把竹梭子听话地贴在了手心。梭子头尖身细，崭新的网线缠绕得满当当，来回几个穿引，原本断开的渔绳打出了多个绳结，新的网眼形成了。

如果说"定眼子"是定音，那么，接下来便是行云流水般的演奏了，修剪断开的绳头，顺着破洞的边沿编织，她的一双手上下翻飞，那圈布胶带宛若一只白色的蝴蝶，恣意蹁跹。"演奏"从低音滑到高音，又从高音徐徐降落，一片网修补完毕。

有个裁下的网片，面积不小网眼却小，我捡起，觉得可以缝成小网兜，去河里捞鲫鱼和泥鳅。正补网的阿月瞅过来一眼，下了结论："不好，鱼会跑光。"补网间隙，她将网片从中间劈开，剪子如蜻蜓点水似的点了几下，捏起，抖了抖，剪断的线头纷纷而下，剩余部分夹于两个膝盖间，开始编织。

我接过来，碰到她的手，触感像外婆的手，干而糙。阿月的梭子可比她的手滑溜多了。这些小工具，以多年生的青竹为坯料，表面平整，竹质均匀，加上常年与肌肤、网线厮磨，被汗液甚至血液浸润，愈加色泽沉稳，肌理温润，散发出温吞的旧气，还有，挥不去的主人的气息。它们顺服于阿月的手指和手心，熟滑地穿过网眼，打上网结，一张又一张的网自此重生。一张重生的网，若在实际捕捞中不易破损，少挂鱼，生产效率高，才是成功的，才彰显出补网者的高超手艺。

阿月的女儿大学毕业后，在城里工作、安家，把母亲接了去，可阿月没住几天就回到了岛上，说手痒，城里又没网可补。岛上的人说她真不会享福。如今，阿月胖了，背不挺了，补网要戴老花镜了，但她一坐到渔网边上，架势依旧。

人间一碗饭

◎ 李晓

早年在乡下，乡人们在路上遇见，开口问候的第一句话就是："吃了吗？"那时候人们的日子大多清寒、简单，吃饭是头等大事，这样的问候里有一种关切之情。在一碗饭的时间里，人情得以凝聚，乡情得以升腾。

前年秋天，爸爸毫无征兆地突发疾病离开人世。妈妈说，那之后总觉得老屋子里有风吹来吹去，即使门窗关得再严实。爸爸和妈妈在一起生活了五十八年。五十八年里，爸爸吃妈妈为家里做的饭应该有数万顿了。爸爸离世后，妈妈很少往桌上摆饭菜，她一个人坐在小板凳上，用拔了八颗牙的嘴缓缓地嚼着饭菜。这和妈妈当年在乡下时的习惯是一样的——她为全家人做了饭菜，自己则坐在柴火灶前的小板凳上，随随便便扒拉几下简单的吃食就算是一顿饭了。妈妈由此落下了胃病。

妈妈做的饭菜，爸爸爱吃。爸爸当年还在县城机关工作时，周末回家还要干农活。我记得那是一个春天，年少的我跟着妈妈把饭菜送到爸爸耕作的农田边。爸爸吃着妈妈做的可口饭菜，扭头对我说了一句话："今后你长大成人了，要自己挣上一口饭吃。"年少的我内向木讷，爸爸总担心我将来没能力稳稳当当地端上一个属于自己的饭碗。

我十八岁那年去一个小镇单位工作，有了第一个属于自己的饭碗。去报到的头一天，爸爸让妈妈做了一桌好菜好饭为我饯行。爸爸没有多讲什么，但从他充满慈爱的眼神中，我读出了他的肯定和放心。结婚成家以后，我和爸妈分开居住。他们更多的日子，是在烟熏火燎中一起默默吃着家常饭菜，静守日落日出。

有次我提前告诉妈妈自己第二天要回老家吃饭，妈妈头天晚上便在老炉子上咕咕嘟嘟炖肉。夜里门响，妈妈迷迷糊糊起床开门，以为是我深夜喝醉后直接回家来了，结果是一只流浪猫用爪子在扑腾着房门。后来那只流浪猫被我妈收养了，它喵喵喵的可爱叫声打破了老屋里的沉默时光。

今年初春，爸爸墓前的一株桃树早早地开花了。我和妈妈来到爸爸墓前，妈妈把从家里端来的饭菜放在地上，然后抚摸着冰凉的墓碑，嘟囔了一声："老头儿，吃饭了。"

> "今后你长大成人了，要自己挣上一口饭吃。"

平静的老齐

◎ 毛莉

> 到后来,我们都觉得老齐就是个奇迹。

大学毕业分到心内科病房的第一天,主管床位的上级医生就对我说:"23床是老齐,扩张性心肌病,老患者,住了好多年,心脏杂音很明显。"怀着好奇的心情,我走进了23床的病房。床上不见患者,但是床单铺得很平整,没有一丝褶皱,被子也叠得整整齐齐,棱角分明,就像部队营房里的被子一样。

一个清瘦、60多岁的男患者,头发理得整洁,穿着干净的病号服,安静地坐在床边的小凳子上看报纸。我走过去,先自我介绍一番,然后简单地问了病史,老齐配合地慢慢挪到床上,呈半卧位,撩起上衣,让我检查心脏。

当听诊器放上去时,几乎整个左胸部都能听到心脏杂音,像海鸥鸣叫。再看看老齐,他很安详地半卧在床上,虽然很虚弱,但不像通常看到的重度心衰患者那样表现得烦躁不安,而是很安静。

之后,我渐渐和老齐熟悉了,通过与他以及科室同事的交谈,我了解了他的故事。原来,老齐是北方人,生病前当过空军,后来是军校的教员。在30多岁的时候,老齐突然出现气急、乏力等心功能不全的症状,被确诊为扩张性心肌病,从此就是医院的常住患者,基本不能出院回家。

每天早上查房前,老齐就已经静静地坐在床上,等候医生查房,从不多言,也不说哪里不舒服,问到病情时就轻轻地回答。后来与老齐渐渐熟悉后,他才告诉我,自发病以来,由于心衰、血压低,每天都经受头晕的困扰,而且根本没有办法平卧,病情稳定时,晚上是整宿整宿地坐在床上直到天亮,实在困了就身体前倾打个盹,白天就在床边坐坐。

几十年来,好多比他发病晚得多,年纪也小得多的扩张性心肌病患者已相继去世。而老齐经历了无数次的生死考验,一次次从鬼门关被拉了回来。到后来,我们都觉得老齐就是个奇迹。

最后一次听到谈论他病情时,我已经工作六年,正好不在病房,听说这次老齐的病情很危重。我以为这次他也能挺过来,但是,这一次老齐没有战胜死神。老齐走后,我很惆怅,说不出是什么滋味,更像是一位老朋友走了。又是八年过去了,我偶尔还会想起老齐,就像想起一位老朋友。

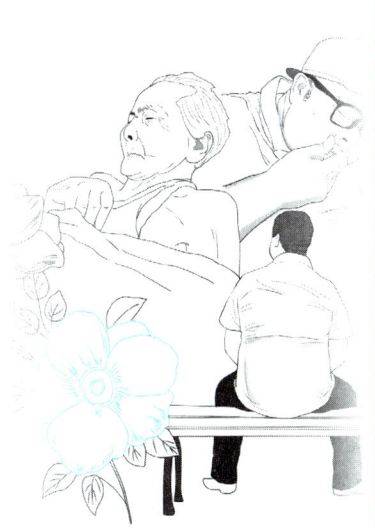

最重的咨询者

◎毕淑敏

他穿了一条肥大的牛仔裤，一看就是那种专供特大号胖子装备的。他名叫武威，正在上大学三年级。

我好着呢！什么毛病也没有！武威开门见山地说。我说，既然您觉得自己一切正常，为什么到我们这里来呢？武威一笑，笑容有一种孩子般的天真。他说，我说我觉得自己正常，并不代表我的家人也觉得我正常。他们说我太胖了，让我减肥。可是我一次又一次减肥，然后一次又一次比原来更肥。

我说，你从小就比较胖吗？武威连连摇头说，我小时候一点都不胖。从十二岁零三个月的时候开始发胖。以后就越发不可控制，差不多每年长20斤。武威为什么把日子记得那么清楚呢？我说，武威，在你十二岁零三个月的时候，发生了什么？

武威说，一想起那段日子，我就太悲伤了。我说，武威，将近十年过去了，你还这样痛苦。我猜想，这也许和你一个挚爱的人离去有关。武威抬起头来，我看到他的眼珠被泪水包裹。他说，您说对了。我从小就和外婆在一起，她是个非常慈祥的老太太。我从她那里得到了温暖和做人的道理。我觉得她这样好的人是永远不会死的。可是，她得了癌症。从发现患病到去世，只有短短的二十天。我痛不欲生，拼命吃饭，从那以后，就踏上了变胖的不归路……

许久，他喃喃地说，那天，我到医院去看望外婆。正是中午，大家都休息了。当我路过医生值班室的时候，听到医生在说话。女医生说，13床太瘦弱了，化疗方案一上去，人肯定就不行了，还不如这样熬着，活一天算一天……13床，就是我的外婆啊。我觉得外婆的死就是因为她太瘦了，瘦到无法接受治疗，如果她胖一点，就能战胜死神，就能一直陪伴在我身边……

我默默地坐着，能够想象至亲离去给当年的小男孩以怎样摧毁般的打击。他以自己的方式表达着痛彻心扉的哀伤，表达着对死神的强大愤怒，表达着对外婆的无比眷恋……

当然，我不能把自己的判断一股脑儿地告知他，而是在我们的共同探讨中渐渐向前。武威后来成功地减下了50公斤体重，成了英俊潇洒的靓仔，对外婆的悼念也化为了力量。

> 他以自己的方式表达着痛彻心扉的哀伤，表达着对死神的强大愤怒，表达着对外婆的无比眷恋……

黑暗中的一线光

◎ 殳俏

> 可以想象,那是一个什么样的世界,没有声音,没有光,没有颜色,只有无边无涯的黑暗和沉寂。

我是一名ICU(重症监护室)医生。第一次看见杜婆婆,是眼科主任特意邀请我来为这位81岁的老太太,做手术前的全身状态评估,她将在第二天做一个全麻下的白内障手术。

杜婆婆坐在床上,张开两只手乱摸,我把手递过去,她一把抓住,随即又放开向其他方向抓去。干枯的手,瘦骨嶙峋,像极了动物的两只触角,不停地左右摸空。眼科主任告诉我,她完全没有听力,视力也随着白内障的加重几乎消失。她没办法和外界交流,旁人根本搞不清楚她要干什么。

白内障手术本可以只做局部麻醉,但杜婆婆不适合局麻,因为她完全不能和外界交流,无法配合,必须做全麻。

聋人失去听力后,得不到周围声音的反馈,就算原本会讲话,也会变得发音奇特,控制不好音量。"她在叫我。"杜婆婆的女儿走进来,抓住了她的手,不知道是什么样的感觉,杜婆婆的手不再抓空,停了下来。"我知道有手术风险,但是哪怕恢复一点点视力也好,她现在是在遭受'终身监禁'。"杜婆婆的女儿说。

可以想象,那是一个什么样的世界,没有声音,没有光,没有颜色,只有无边无涯的黑暗和沉寂。难怪她的手会一直这样划拉,人的本能就是想用手,把这黑暗的世界扒开一个口子。

我看了她的相关检查,81岁的人,处于慢性疾病状态早已是一种常态,接受全麻还是有一定的风险,这也和她多年的抑郁症有关。当一个人的感官全部报废了,孤独地待在时间的荒漠里,不知是白天还是黑夜,无边无涯,怎能不抑郁?

我们决定让她做这个手术,很快,我就和眼科主任达成共识,她需要手术。但我给出了时间的限制,老人能耐受的全麻时间最好控制在一个小时之内。而且,手术后,她必须在ICU监护,她的血管老化得非常厉害,血压难以控制。

一周后,我在门诊的走廊里碰到杜婆婆的女儿推着轮椅送她来检查,她苍老佝偻的身躯蜷在轮椅中,她的双手已经不再惶恐无效地摸空。忽然,她用一侧恢复黑色的眼睛注视了我一会儿,笑了一下。枯瘦的脸上,皱纹慢慢绽开。她的女儿说:"她只要看见穿白衣服的人,都会这样。"那是世界上最动人的表情。

万物的心跳

◎苏沧桑

这几天我看纪录片《绿色星球》，发现在延时摄影镜头里，花朵们开放时的形态是我之前从未注意过的：不是盛开了就不动了，而是会稍微闭合一下，又盛开，像人的呼吸一样一起一伏，循环往复，直至枯萎。

一粒芽从森林的腐叶间冒出来，也是这样，呼吸般的一起一伏间，能看到它们用力的轨迹，像将拳头缩回来再打出去一般。这天地间每一季都认认真真活着的生命啊，即使被不期而遇的暴风雪吹打，被大雪封山般的时空禁锢，每一秒都在心跳般用力，哪怕最后，在宇宙中，像一场初雪一样，消融得那么快，那么彻底。

头鹤的尊严

◎李 理

我用手攥住了它的嘴，它的眼睛一眨一眨地使劲看着我，我也看着它。

我喜欢在自然界里观察野生的鹤，也看到过很多种鹤。可我最喜欢的，还是全球15种鹤里最普通的一种鹤——灰鹤。

一个冬天，我们像往常一样在保护区一带进行日常巡护。巡护车开过一片开阔的芦苇荡，我用双筒望远镜发现远处平坦的滩涂中有一个小的凸起物。我觉得这是异常现象，马上往滩涂中走去。在泥浆中，一只灰鹤艰难地从爬卧状态变成站立姿势，然而站立后有些不稳，一边的翅膀有些松弛，初级飞羽沾满了泥浆。从我多年的保护经验来看，它的翅膀骨骼垂落，可能是断了，可能再也无法飞翔了……我继续朝它的方向前行，它也往远处走，好像在和我特意保持一段距离。我怕它远离我后再受到伤害，便拼命追赶它。终于，在离它只有3米远的地方，我在泥浆里用力一扑，把它抓住了。我用手攥住了它的嘴，它的眼睛一眨一眨地使劲看着我，我也看着它。

救助鸟类这些年，我是头一次碰到这么有个性的灰鹤。我静静地看着它的眼睛，被它的眼神深深打动。于是我带它来到水库边一片干净的水域旁，把它羽毛上的泥清洗了一下。洗干净后，我松开了双手，说了一句："祝你好运。"它一下子用它那长而有力的双脚一弹，从我背后跑到了水边。它头也不回地走了大约50米远，停住了，开始整理羽毛。看得出，它越来越高兴，越来越放松了，还时不时地抖动羽毛。此后，我每天都来这里看它。可慢慢地，它的脚步越来越沉重，直到第四天，我看它时，它也看着我。天上其他灰鹤在上空飞过时都对它鸣叫，它却专心对着我鸣叫，鹤声嘹亮、悦耳。

那天日落之前，它优雅地死去了。我给了它选择的机会，因为翅膀断了，救助后也无法重返自然，只能由工作人员养老，而这只灰鹤，如此顽强，那就尊重它的选择吧……直到现在，每年都有万余只灰鹤在我面前降落，每一次，听到灰鹤鸣叫，我都会感觉幸福。后来，当地有个放羊的老人给我讲了一个类似的故事，放羊的老人说，这样的，就是头鹤。

殉情的岩鹰

◎宋伯航

> 儿子问父亲为何不捉雏鹰，老人向儿子摆摆手说，今天就不捉了，等两天再来捉吧。

在西北边疆草原上，人们不仅视鹰为一种家当，还视鹰如生命般珍贵。居玛洪老人准备给二儿子分家，让晚辈独立另过日子，可老人一直闷闷不乐，除了有父子二十多年来不离不弃的难以割舍之情，还因为至今没有亲手捉一只鹰送给儿子。老人在三十里外的深山里，寻到了他所要捉的雏鹰目标，但由于雏鹰太小，需待其羽毛丰满快要试飞时才能去捉。

这天一大早，父子俩来到深山的一座悬崖峭壁前，老人让儿子在崖壁下守候，自己戴上护头罩，腰系绳索攀登到悬崖上，他要亲手去捉崖壁上鹰巢里的那只雏鹰。眼看老人快要接近鹰巢时，突然一只雌鹰从崖对面的森林里朝老人直飞而来，嘶鸣着扑向老人。有五十多年捉鹰经验的老人，很明白雌鹰的举动是在保护孩子不被人抓走。

雌鹰拼命地在峭壁的巢穴前俯冲着，撕心裂肺鸣叫着，老人依然艰难地向鹰巢靠近。雌鹰使尽力气勇猛地冲飞阻挡，也许是雌鹰救子心切，在奋力直扑老人时，一头撞在崖壁凸起的岩尖上，掉下了山崖。在山下守候的儿子见雌鹰掉在不远处的乱石中，赶忙近前一看，这只雌鹰满身鲜血淋漓，已断气身亡。

雌鹰撞击岩石而死，使山崖上的老人顿然心惊一颤。雏鹰没了保护，老人可以趁机轻而易举地从鹰巢里捉到雏鹰，但是，老人没有这样做。儿子问父亲为何不捉雏鹰，老人向儿子摆摆手说，今天就不捉了，等两天再来捉吧。

等到第三天，父子俩再次来到山崖前，令人不解的是在前天那只雌鹰死去的乱石堆旁，一只雄鹰也撞岩而死，掉在死去雌鹰的不远处。老人向儿子解释，这是草原上鹰的一个稀少的种类，叫岩鹰。如果捉到雏鹰带回家驯养，必定成为草原上特别优秀的猎鹰。除此之外，这种鹰具有很强的家庭观念，若配偶死去，则自己会殉情离开世界。我们现在就把这对岩鹰夫妻挖土埋掉，今天该把岩鹰的孩子带回家驯养了，今后你要把它们的孩子当成你自己的孩子来细心护养。老人的一番话令身边的儿子感慨万千。

树 耳

◎刘亮程

一百年来村里的所有声音它都听见了，却没有听到自己的死亡。

  大杨树五十岁时，树心朽了，那时杨树就不想活了。

  一棵树心死了是什么滋味，人哪能知道，树从最里面的年轮一圈一圈往外朽、坏死。朽掉的木渣被蚂蚁搬出来，冬天风刮进树心里，透心寒。玩耍的孩子钻进树心，让空心越来越大。树一开始心疼自己朽掉的树心，后来朽得没心了，不知道心疼了。树活不好也没办法死，树不会走，不像人，不想活了走到河边跳进去。树上也打过农药，药死的全是虫子。多半虫子是树喜欢的，离不开的，都药死了。树闭住眼睛，半死不活地又过了几十年，有些年长没长叶子，树都忘了。

  早年树上有鸟窝，住着两只黑鸟。叫声失惊倒怪的，啊啊地叫，像很夸张的诗人。树在鸟的啊啊声里长个子、生叶子，后来树停止生长了，只是活着，高处的树梢死了，有的树枝死了，没死的树枝勉强长些叶子，不到秋天早早落光。鸟看树不行了，也早早搬家。鸟知道树一死，人就会砍倒树。

  树上蚂蚁比以前多了，蚂蚁排着队，爬到树梢，翻过去，又从另一边回来。蚂蚁不需要找食吃，树就是蚂蚁的食物。蚂蚁把朽了的树心吃了，耐心等着树干朽掉。蚂蚁从朽死的树根钻到地下，又从朽空的树干钻到半空。

  大杨树有三条主根，朝南的一条先死了，朝北的一条跟着死了，剩下朝西的一条根。那时候树干的一多半已经枯死，剩余的勉强活了两年也死了。朝西的树根不知道外面的树干死了。树干也不知道自己死了，还像以前一样站着，它浑身都是开裂的耳朵，却没有一只眼睛。它看不见。

  有几个夏天，它听到头顶周围的树叶声，以为是自己的叶子在响。一百年来村里的所有声音它都听见了，却没有听到自己的死亡。树的耳朵里村子的声音一点没少，它一直以为自己还活着。直到斧头砍在身上，它的根和枝干都发出空洞的回声，树才知道自己死了，啥时候死的，它不知道。树埋怨自己浑身的耳朵，一棵树长这么多耳朵有啥用，连自己的死亡都听不见。

野马之死

◎裘山山

忽然，惊心动魄的事发生了，那匹生命垂危的母马站了起来！

那天晚上我拿了本书，随手将电视机打开，一边看书，一边兼看电视。我的注意力渐渐从书转到了电视上。这是部关于喂养野马的纪录片，讲的是西部某个地方，对日渐减少的野马进行人工喂养。我之所以注意到它们，是因为电视上说，其中一匹母野马临产了。

母马躺倒在地上，用力挣扎——也不知是哪位摄像师，一直耐心地守候在那儿，将这些情景一一摄下。很快，我看见小马的一条腿伸了出来。一旁守候的人嚷嚷起来，我听不清他们说些什么，也许和人一样，先出腿不是好兆头？

很快，又一条腿伸了出来。我开始感觉不妙，全神贯注地盯着电视。小马的两条腿伸出来之后，母马就再也不动了。是没力气了，还是力所能及了，即遇到所谓的难产了？它只是侧身躺在地上，无助地睁着双眼，微微喘息。而它的孩子则被卡在下面，悬着双腿，一动不动。

让我不明白的是，那些一直围在它身边的男人没有一个为它采取抢救措施。其中一个大概是兽医，俯身听了听，漠然地告诉大家，小马已死于母腹中。几个男人很失望的样子，交头接耳，嘀咕着什么。我焦急万分，真恨不得冲进电视里去。可那几个男人仍然在一旁看着，无动于衷。

忽然，惊心动魄的事发生了，那匹生命垂危的母马站了起来！

母马站起来后，夹着它那生了一半的孩子，步履蹒跚地朝它曾经生活过的栅栏走去。栅栏里有许多野马，它走过去，一一与它们告别。小马的两条腿孤零零地悬在寒冷的世间。片刻之后，母马终于倒下了，重重地，砸起了尘土……我的泪水汹涌而出。

那部片子在最后说了母野马的死因，说是由于野马的习性不适宜圈养，长期的圈养令它们失去了跑动跳跃的机会，使它们的身躯不再矫健，甚至过于肥胖。那匹母马正是因为肥胖，才无法将它的孩子生下来。我想说，即使如此，也是人的罪过。我不会原谅你们，也不能原谅我自己，因为我是人类的一员。

会流泪的鹅

◎翁来英

"鹅也通人情啊,"大哥说,"这样的鹅,谁下得了杀手呢?"

在海岛舟山渔村,人们对于谢年很是讲究。我家谢年的供桌上,总少不了一只雄性大白鹅。有一年中秋刚过,母亲托人从外乡的农村亲戚家,用十几斤鱼干换回了6只毛茸茸的雏鹅,交与我们兄弟几个好好饲养,说是要用来谢年。大哥去了县城的船厂学车工,饲养大白鹅的重任全然落在二哥和我的头上。

我俩放学后第一件事就是去割鹅草。转眼,嫩黄色毛茸茸的雏鹅背上长出了白色的羽毛,胃口也渐长。冬至将临的时候,6只小鹅长成了大白鹅。"昂昂"的叫声荡漾在院子里。有一天放学回家时,院子里只剩一只大公鹅在悲切地鸣叫。我与二哥急了,问过母亲,才知晓另外的5只白鹅被赶着捕冬至带鱼的渔船老大买走了。后来,大白鹅成了独苗。

转眼到了腊月二十,父亲的渔船回家过年了。家里充满节日的欢快气氛,却发觉大白鹅常常待在鹅舍里,没了昔日里的趾高气扬,也没了"昂昂"的叫唤声。腊月二十五,临近中午时分,大哥回家了。大白鹅老远就冲向大哥,一路欢叫着,鹅嘴使劲地磨蹭着大哥的双腿,缠绕着跟进了家门。

"鹅也通人情啊,"大哥说,"这样的鹅,谁下得了杀手呢?"父亲有些光火了:"明早要谢年啦!大白鹅要做供品呢!"大哥的胆子比我们还小,他见血就会头晕,忙摆着手道:"我可不敢下手!"父亲只能独自抓住鹅,绑了脚掌,绑了翅膀,大白鹅起先狂叫着,过了一会儿便不再发出声响。当父亲抄起小刀子的那一瞬间,大白鹅"呜"了一声,眼泪哗哗地流淌下来。我们哥几个纷纷在一边求父亲放了这只大白鹅。那年,我家谢年的供桌上少了一只雄性大白鹅,也少喝了一碗鹅肉卤汁年糕汤。

后来,我家一直将它养过了春天,到立夏前夕,母亲才用它与外乡农村的亲戚家换回了50斤糯米。再后来,听说这只大白鹅被当作配种的大公鹅,一直活了13年。

遇 熊

◎王贵宏

> 不知为什么，竟没人按常识用大斧敲击树干恐吓它们，也没人大呼小叫示威，只是好奇地像在动物园似的看着它们。

在激情燃烧的岁月，上海知青初到东北林区，面对茫茫大森林，他们既好奇又恐惧，因为听过许多猛兽伤人吃人的故事，所以进山干活总是战战兢兢，草木皆兵，尤其害怕遇上黑熊。传说黑熊一旦遇到人就主动攻击，并且穷追不舍，逮住人按倒后用带刺的舌头将人脸上的皮肉舔掉，故事带着浓烈的血腥味，特别吓人。

一年春天，两个女知青给我们在山场伐木的工友送饭，她俩一个挑着馒头，一个挑着炖豆腐和开水，有说有笑地走在运材道上，眼瞅着再过一条小河就到作业点帐篷了，突然听到身后有动静，回头一看，吓得头发都快竖起来了。一大一小两只黑熊在身后不远处跟着她们呢。她俩吓得魂飞魄散，扔下挑着的饭菜，连滚带爬地跑到作业点。几个工友闻声从帐篷里跑出来，见两个姑娘的脸吓得煞白，便招呼几个知青，拿上大斧扳手向来路寻去。

在小河边，一大一小两只黑熊正围着箩筐不紧不慢地吃呢。估计它们是一对母子，刚结束冬眠爬出地洞，正饥肠辘辘地四处游荡找食物，可青黄不接的早春，实在难觅果腹的东西。正游荡间，它们嗅到饭菜的香味，便身不由己地跟了上来。知青们见自己的午餐被黑熊掠食，不知为什么，竟没人按常识用大斧敲击树干恐吓它们，也没人大呼小叫示威，只是好奇地像在动物园似的看着它们。此时，两只黑熊边咀嚼着馒头，边慢条斯理地抬头向我们看了看，然后突然停下不吃了，大的转过身领着小的，慢腾腾地向林子里走去。在一个山冈上它们还回头望了望，然后上下左右摆了摆头，好像是表示感谢，又像是表示对不起。

我们近距离地观察着那对母子，发现它们丝毫没有人描绘的那种凶恶暴戾，倒觉得它们某些地方与家里的动物很相似，行动很温驯。那顿午餐黑熊吃了一半，我们吃了另一半，虽然每人都只吃了个半饱，但没人表示怨恨它们，七嘴八舌的言语中包含许多怜悯与宽容。三十年后，我回忆起那次遇熊的经历，眼前浮现的那些善良和纯真的面孔，依旧清晰而亲切。

失落的桃花泪

◎江泽涵

> 临近一株桃树，晶莹的泪一滴一滴流，仿佛在诉说着满腹的心事……

桃花，也会流泪吗？是的，而且泪期漫漫，从立秋起至霜降。但这泪并非落由花蕊，而是渗自枝干表皮，乃一树精华。它一众名号也各具意味，惯名有"桃浆"和"桃油"，因油中脂肪满满，也称"桃脂"，而油脂终将凝结呈胶状，故又有"桃凝"和"桃胶"的叫法。"桃花泪"算得上美称了，由来生动：八月里，桃子被摘光了，桃树哭了。

我第一次知道桃胶，是在多年前的晚夏。我在网上见着一道名叫"桃花冻"的甜品，每每心有所念，就会嘴馋，可一直被杂事牵绊，又不愿去扰阿姨，那日通微信，正巧说到这事。她说，她奶奶曾做过桃花冻，一两桃胶能化一大碗，加点糖，那味道让人惊喜。

阿姨给我快递来一斤鲜桃胶，淡棕色的泪珠丸柔软而不失弹性，散发着一股淡薄的树浆味，听说这是桃树根断时所迸发的气味。我洗尽杂质，在电饭煲中滚开，保温一夜。翌晨，我也未闻见什么飘香，舀一碗来尝，味道类同银耳，却另有一番清润生津。

时近寒露，我终于忍不住走了一趟乡下。桃叶尚未规模化地飘零，干枝上都附着一颗颗硕大的泪疙瘩，许是天冷之故，质地已硬化，浅黄也进为暗棕，品相实不敢恭维，却货真价实。临近一株桃树，晶莹的泪一滴一滴流，仿佛在诉说着满腹的心事，树与树之间结了几条丝线，我不愿绕回头路，一剪刀断了。一回身，又见一只集白青、乳黄和淡橙于一体的彩虫，正扭动着软绵的身子。"当心！这东西叫'青辣'，被它背上的刺扎了，就有的苦头吃了。"阿姨提醒我。如此鲜艳的虫子，居然这般毒辣。可我没有生出一丝的惊悚或厌恶，反而有着无比的庆幸和轻愉。

天边不远，没什么斜阳，风中也有些寒凉。我直了直腰，静静凝视着掌中的这把桃花泪。它多年的失落，不敢说什么乡村文化陨落的冠冕之语，但我辈奔走于都市，屡屡与自然文化失之交臂，的确错过了很多美好的东西。

一只母性的蜘蛛

◎刘东伟

> 我望着它小小的身影,竟忘记了自己要干什么。

那天,学校里放了秋假,我兴奋地跟着父母去村外忙秋。田野里,高出人一头的玉米棵,一钻进去,如同进入了迷宫,到处是沙沙的声音和满眼苍黄中斑驳的绿影。我钻出玉米地,父母正在挥汗忙碌着,母亲对我说:"你回家看看那只老母鸡怎么样了,找几只蜘蛛给它吃。"

我到家时,那只老母鸡正在草窝里伏着,若换了平时,这阵儿它怕是去村头觅食了吧,但现在,被疾病折磨的它,已像垂暮的老人。昨天回家时,我看它还能摇晃着走几步,今天病情显然越发严重了。

我到处寻找着,草房里蜘蛛并不难寻找,不到一刻钟,我便发现了十几只,却没有一只是背部生着花纹的。我知道普通的蜘蛛对老母鸡的病没啥用,如果有用,母亲早把它治好了。过了一会儿,我终于发现了一只灰蜘蛛。我是寻觅了门洞和厨房之后才在斑驳的北墙上看到它的。我看到它时,它正伏在网上,它的周围还有几只幼小的蜘蛛。

我仰头看着那只灰蜘蛛,伸出手去,突然看到它的身子上下晃动。灰蜘蛛发出信号,蛛网晃动后,几只幼小的蜘蛛便四下逃散。我担心灰蜘蛛也会逃去,所以左手举着准备好的小瓶,右手随时就要把它擒获。奇怪的是,它非但没有逃走,反而回转身来,上身也翘了起来,一副备战状态。

我的好奇心被它挑起,便不紧不慢地从旁边折了根小棍,捉弄着它。灰蜘蛛左挡右撞着小棍,极其顽强。如此闹了几分钟,蜘蛛突然转过身,迅速地向着屋顶爬去。我望着它小小的身影,竟忘记了自己要干什么。中午吃饭时,母亲问我,捉到蜘蛛了吗?我低着头说,没有。那天晚上,老母鸡便死了。

多少年来,正是这只灰蜘蛛让我无数次想到故乡,想到田野里草长莺飞,屋檐下细雨连绵,想到老家那面斑驳的北墙。曾有朋友问我,在你的记忆中,故乡最让你难忘的是什么?我说,蜘蛛,一只母性的灰蜘蛛。

树木也生死相依

◎杨振林

每当夜晚临近，城市路灯开启时，树木都会在"心底"发出一阵悲叹。

树木是有感情的。两棵树离得很近，就像情侣，如果你砍掉其中一棵，另一棵也活不了多久，它们彼此护佑着对方。比如，当有害虫啃食其中一棵树的树干时，它的破损处就会分泌一些让虫子感到反胃的物质，并将这些物质缓慢地渗透到树根处，通过树木独特的交流方式，给同伴发出警报，周围的树木得到"消息"后也会开始分泌这种特殊物质，以免遭虫子侵袭。

树木之间用根联系。"根，紧握在地下；叶，相触在云里"，树木独特的交流方式，和诗中的描述很相近。树根像树木之间交换信息、传递能量的管道。科学家将树木这样的交流命名为"树联网"。德国著名作家、森林管理员彼得·沃莱本在书中说，他看到过一个已经砍伐了近500年的树桩，但它的上面还有一些新芽，一定是周围树木伙伴的功劳。

树木也有"个性"。沃莱本回家的路上，有三棵相同大小的橡树，在春季绿叶成荫，到了冬天都光秃秃的。可是在秋天，其中两棵的落叶时间总是比另外一棵晚两周左右，然而这三棵树的生活环境几乎是一样的。沃莱本由此认为，唯一的解释就是它们的"个性"不同，所以做出了不一样的决定。

城市里的行道树，就像森林里走失的流浪儿童。行道树扎根的城市土壤，比森林里的土壤更坚硬。到了夜晚，街道和建筑物散发出的热量使它们无法像在森林里那样凉快，从而备受煎熬。

夜晚的灯光让树木睡不好。每当夜晚临近，城市路灯开启时，树木都会在"心底"发出一阵悲叹。它们到了晚上也想睡觉，有研究表明，靠近街灯的树木死得更快，就像夜里的灯会影响你的睡眠一样，夜晚的灯光对树木也不好。

树木是我们最忠诚的朋友。它们一生都在为我们做贡献，不但可以吸收城市中多余的二氧化碳、释放清洁的氧气，还能为我们奉上可榨油的果实，甚至献出身体为我们做各种精美的木雕艺术品和家具……

树木同伴之间生死相依，而我们和树木同样生死相依。

鸟儿中的理想主义

◎ 筱 敏

它在笼中划满风暴的线条，虽然这些线条太短，不能延伸，但饱胀着风暴的激情。

我对在笼中也继续扑翼的鸟一直怀有敬意。

几乎每一只不幸被捕获的鸟，刚囚入笼中都是拼命扑翼的，它们不能接受突然转换了的现实的场景，它们对天空的记忆太深，它们的扑翼是惊恐的，焦灼不安的，企图逃离厄运的，拒绝承认现实的。

然而一些时日之后，它们大都安静下来，对伸进笼里来的小碗小碟中的水米，渐渐能取一种怡然的姿态享用。它们无师自通，就懂得了站在主人为它们架在笼中的假树权上，站在笼子的中心位置，而不是在笼壁上徒劳地乱撞。

但有一些鸟的适应能力很差，这大抵是鸟类中的古典主义者或理想主义者。它们对生命的看法很狭隘，根本不会随现实场景的转换而改变。在最初的惊恐和狂躁之后，它们明白了厄运，于是用最佳弱的姿态抗拒厄运。它们是安静的，眼睛里是极度的冷漠，对小碟小碗里的水米漠然置之。事实上，这时候它们连有关天空的梦也不做了，古典主义者总是悲观、绝望的，它们只求速死。命运很快就遂了它们的心愿。

而我一直怀有敬意的，是鸟儿中的另一种理想主义，这种鸟儿太少，但我侥幸见过一只。它已在笼中关了很久，我见到它的时候，它正在笼子里练飞。它站在笼子底部，扑翼，以几乎垂直的路线，升到笼子顶部，撞到那里，跌下来，然后仰首，再扑翼……这样的飞，我从来没见过。它在笼中划满风暴的线条，虽然这些线条太短，不能延伸，但饱胀着风暴的激情。它知道怎样利用笼内有限的气流训练自己的翅膀，让它们尽可能地张开，尽可能地保持飞翔的能力。

我们很难看见鸟是怎样学飞的，那些幼鸟，那些被风暴击伤的鸟，那些在岩隙里熬过隆冬的鸟，还有那些被囚的鸟。我们只羡慕上帝为它们造就了辽阔的天空。但在看到那只在笼中以残酷的方式练飞的鸟之后，我才明白，天空的辽阔与否，是由你自己造就的，这种事情上帝根本无能为力。

风穿过风

◎安　宁

从巷子里钻出的风，遇到从大道上来的风，它们会不会说些什么呢？

　　天一黑下来，风就被关在了房间之外。风从一条巷子，穿入另一条巷子，犹如一条冷飕飕的蛇。巷子里黑漆漆的，但风不需要眼睛，就能准确地从这家门洞里进去，越过低矮的土墙，再进入另外一户人家的窗户。

　　巷子是瘦长的，门是紧闭的，窗户也关得严严的，风于是只能孤单地在黑夜里穿行，掀掀这家的锅盖，翻翻那家的鸡窝，躺在床上尚未睡着的人，便会听到院子里偶尔传来的一声奇怪的声响，像是有人翻墙而入。但随即那声响便消失不见，人等了好久，只听见风在庭院里穿梭来往，将玉米秸吹得扑簌簌响，也便放下心来，拉过被子蒙在头上，便呼呼睡去。

　　当整个村庄的人都睡了，风还在大街小巷上游荡。那时候的风，一定是孤独的。从巷子里钻出的风，遇到从大道上来的风，它们会不会说些什么呢？聊一聊它们曾经进入的某一户人家里，男人女人在暗夜中发生的争吵，或者孩子的哭泣。还有一条瘦弱的老狗，蜷缩在门口的水泥地上，有气无力地喘息。

　　夜晚的风一定比白天的风更为孤独。它们不再愤怒地撕扯什么，因为没有人会关注这样的表演。我在上床前，猫在院子的一角最后一次解手，风从后背冷飕飕地爬上来，并一次次掀动着我的衣领。我的影子被窗口射出的灯光拉得很长，长到快要落进鸡窝里去了。我怯怯地看着那团灰黑的影子，在地上飘来荡去，觉得它好像从我的身体里分离出来，变成黑暗中一个恐怖的鬼魂。风很合时宜地发出一阵阵诡异的呼啸声，树叶也在扑簌簌地响着。忽然间一只鸡惊叫起来，一个黑影倏然从鸡窝旁逃窜。那是一只夜半觅食的黄鼠狼，它大约被我给吓到了，很快消失在黑暗之中，只剩下同样受了惊吓的一窝鸡，蹲在架子上瑟瑟发抖。我的心咚咚跳着，趿拉着鞋子，迅速地闪进门里，并将黑暗中的一切，都用插销紧紧地插在了门外。

　　我浑身起了鸡皮疙瘩，也不知是吓的还是冻的。我很快钻入了被窝，而后蒙了头，闭眼睡去。窗外的风，正越过辽阔的漆黑的大地，包围了整个村庄。

向大地觅食

◎王 族

也许，这残酷的觅食现实早已教会了它们生存的技巧，那些尖刺已算不了什么。

　　我观察发现，骆驼只吃一种草。这种草很少，往往走很久都找不到一株。找到之后，它们如视神物一般对其凝视片刻，然后从鼻孔里喷出鼻息，将草叶上的灰尘吹去，再伸出舌头慢慢将草叶卷入口中。它们嚼草的速度很慢，口腔里有"咔嚓咔嚓"的声音。沙漠中寂静无声，这种声音便显得很大，像是这些骆驼的到来终于唤醒了沉睡已久的沙漠。

　　我有些好奇，被骆驼视若神物的究竟是什么草呢？脚边有一株，我蹲下身细看，这种草的叶子很少，而且长在全是尖刺的枝上。骆驼们的舌头似乎很灵敏利落，总是巧妙地伸过去把草叶卷入口中。也许，这残酷的觅食现实早已教会了它们生存的技巧，那些尖刺已算不了什么。

　　一峰骆驼把枝上的叶子吃干净后，又卧下去吃根部的叶子。根部实际上也就两三片叶子，如果不是我亲眼所见，我又怎能相信一只高大的骆驼为了两三片叶子屈下了身躯？在这一刻，我看见了生命的艰辛，也看到了在这种艰辛中体现出的不屈。

　　一峰母驼带着两只小驼在沙丘间不停地转来转去寻找草吃。茫茫沙漠，它们去哪里觅食？一只不知叫什么名字的动物已倒地多日，只剩下了白森森的尸骨。两个小生命跑到跟前，用嘴去拱。尸骨下本无草可吃，但它们甚为好奇。

　　玩了一会儿，它们才想起妈妈，回到了它身边。它们又往另一个沙丘走去。行之不远，它们运气转好了，找到了一株草。两个小家伙高兴极了，张嘴"咔嚓咔嚓"地吃了起来。不一会儿，两个小家伙吃完了，回到了母驼身边。一株草的叶子转瞬间都不见了，只留下了几根光秃秃的枝条。但母驼从这光秃秃的枝条上仍然看到了希望，它卧下身子，把嘴伸过去啃残叶，有半片叶子藏在几根尖刺中间，两个小家伙怕受伤而放弃了，母驼却看成了一口不可多得的美餐，跪下前腿，把嘴伸到刺前，然后伸出舌头巧妙地把叶子卷入了嘴里。为了吃这一片叶子，它神情严肃，似乎在举行着一场神圣的仪式。

生息有缘

◎陈志宏

"猎杀不绝。"多么富有深意的四个字啊！

松茸身居野生菌金字塔的顶层，身价不菲，只长在云南香格里拉高海拔的原始森林中，又特别矜持，只在短暂的雨季抛头露面，平时难觅芳踪。

单珍卓玛随母亲采摘松茸已有些年头了。小时候，松茸遍地开花，摘回来用酥油炒着吃，是山里人的寻常美味。如今，食尚自然，松茸成了餐盘里的珍馐，为大都市的食客们所竞逐。在茫茫原始森林，单珍卓玛和母亲得走上一公里才能采到一朵松茸。一天下来，要赶几十公里山路。受这样的苦累，她们心无怨愤，唯有感恩，感谢上天恩赐。母亲从小就教导单珍卓玛，采松茸的时候，下手要轻，避免伤到地底下的菌丝，采摘之后，要把松动的土连同枯萎松针轻敷回去。保护好菌丝，才能源源不断地从山里收获这一人间珍宝。

包根基是浙江省遂昌县农民，家里有片郁郁葱葱的大竹林。冬来新笋在地里萌发，新春一场暖雨，像是士兵听见号令般，便齐刷刷地破土而出……挖冬笋是门技术活。老包是这方面的行家里手，冬笋长在什么地方，一锄下去，准能挖到。他的判断源于竹鞭的长势，顺着竹鞭挖，开始是使蛮力，接近冬笋时，为了不伤根，轻刨轻取，像面对一款名贵的青花瓷。

七旬高龄的石宝柱是老渔民了。15岁开始，他就在吉林查干湖里打鱼，是谙熟水性鱼性的老把式，被人们敬称为"石把头"。老石的拿手好戏是在寒冬冰封的湖面上凿冰下网捕鱼。这种情况下，捕鱼的多寡全凭经验和运气了。一般来说，老石出场，收获小不了。起网了，一条条肥鱼在渔网里活蹦乱跳，一水儿肥硕的大鱼呀，没有一条小的。6寸见方的网眼只能网住5年以上或者2斤以上的大鱼。那些低龄小鱼，都成了漏网之鱼啦。千百年来，网眼的这个尺寸是查干湖渔民共同遵守的规矩。他们深知，唯有保护小鱼，才可能源源不断地捕获大鱼，不致枯竭。

查干湖渔民心口相传："猎杀不绝。"多么富有深意的四个字啊！手下留情，对自然自会施以温情与宽厚。猎杀不绝，才会留下希望。

我家的猫，创造了猫国奇迹

◎莫 言

蒙眬中看到那只猫穿越河流与道路，出没郁郁青纱帐，顶风冒雨，向家乡奔来……

我家那只猫生第二窝猫的时候，已是初夏，家家户户都赊了毛茸茸的小鸡雏。放在院子里，叽叽地叫着，跑着，确实有几分可爱的样子。我家自然也赊了鸡雏。我经常发现猫蹲在黑暗的角落里，目光炯炯地窥视着鸡雏。

几天之后，邻居一个孙姓老太太，骂上门来了，自然是骂猫，说有一只小鸡被我家那只猫给吃了。后来又接二连三地有人骂上门来。我们本是积善之家，竟因一只猫担了恶名，并不仅仅赔偿人家几只鸡罢了。

祖母把猫装进一条麻袋里，死死地捆扎住了麻袋口，然后，由二哥背到街上，扔到一辆去潍坊的拖拉机后斗里。祖母对拖拉机手说了半天好话，央求人家第一不要厌烦猫叫把它中途扔下；第二到了潍坊后要把麻袋左转三圈右抡三圈，把猫抡得头晕了再放它出袋，免得它记住方向跑回来。

潍坊离我们村子有多远？三百二十里。

失去母亲的四只小猫彻夜叫唤，激起我的彻夜凄凉。天亮后，祖母连连叹息，说："这四个孤苦伶仃的小东西。"祖母腾出一个筐子，絮上一些细草，做成了一个猫窝。又吩咐我从厢房里把四只小猫抱到家里来。树叶沙沙响着，是风在吹，我想象着那只老猫的情景，它在那遥远的潍坊，生活得怎么样？农村的阴雨天，无事可干，劳累日久的大人们便白天连着黑夜睡觉。我逗着猫玩一阵，看一阵雨，胡思乱想一阵，瞌睡上来，伏在一条麻袋上便睡。蒙眬中看到那只猫穿越河流与道路，出没郁郁青纱帐，顶风冒雨，向家乡奔来……一阵喧闹吵醒了我，我揉揉眼睛，又揉揉眼睛。那只猫果真回来了。

它遍身泥巴，雨湿猫毛更显得瘦骨嶙峋。四只小猫与老猫亲热成了一个蛋。我大叫着："猫回来啦！猫回来啦！"家里人纷纷起来，看着猫儿女与猫母亲生离死别又重逢的情景，这情景委实有点感人。猫离家十七天，它是被装进暗无天日的麻袋里运走的，拖拉机手老邱又忠实地履行了祖母"左转右抡"的嘱咐，它是靠着什么方法重返家园的呢？这个谜我始终解不开。

会休息的苹果树

◎孙 荔

苹果树懂得尊重自己的生命，百年树木，它知道以后的路还很长。

今年秋天我回家，见一棵苹果树枝头只零星挂着几个苹果，屈指可数。"今年怎么结这么少，春天时不是满树花开得花枝烂漫吗？"我有些疑惑和失望，那情形如同渔民辛辛苦苦撒网捕鱼，却仅捕到一网水草般。哥哥不紧不慢地说："这树去年结得多，今年要歇枝了。今年春天的花大多是'谎花'，虚张声势凑凑热闹罢了。"

熟稔果树管理的哥哥对我说："苹果树结果分大年小年，一年多一年少，累了也需要歇歇。石榴、梨子、柿子、枣等育龄果树，并非每年都硕果累累，总是一年多一年少，一张一弛，有一个缓冲阶段。苹果树懂得尊重自己的生命，百年树木，它知道以后的路还很长。植物们是知道休息的：深夜，三叶草睡眠时三片叶子紧紧地合拢在一起；睡莲每到晚上都要合拢花瓣，还可以防止花蕊在夜间被冻伤……这就是大自然赋予生物的灵性。"

人生一世，草木一秋。树木都有它们的生长规律，都有它们的个性，不媚从什么，不贪得无厌，顺其自然，懂得在追求和适可而止之间寻求一种平衡，对比之下作为高级动物的人类，在这方面却相形见绌。

人的欲望像一匹总也找不着驿站的野马，想住的房子更大、开的车子更豪华。老的欲望实现了如敝屣，新的欲望犹如喝盐水，无法止渴，常常为着某种利益，说着言不由衷的话，过度使用生命，没有时间静下心来喝杯清茶，闻闻花香，失去人类自然的乐趣。

剧作家易卜生有句名言："人生的第一天职是什么？答案很简单：做自己。"人生就像是一列火车，它的意义不只在于咣当咣当不停歇地跑到终点，美好的生活，也在于一张一弛。

歇枝是养精蓄锐，为了明年有更好的收获；歇枝是劳逸结合，创造更大的价值，如同人生的驿站。善于经营自己的人，懂得享受生命，在一张一弛的生活中找到自身的价值。人生好比苹果树，需要开花结果，也需要歇枝休息。

被驯养者的幸福

◎冯 娜

它的身体温暖，皮毛细腻，像白色柔软的花瓣，它是谁独一无二的花朵？

在西藏藏獒基地，我们与许多只藏獒有了亲密接触。

饲养员介绍一只狮形藏獒给我看，它的脑袋上毛发很长，像雄狮，身体却如老虎，皮毛光滑，它将鼻子凑到铁笼外，湿漉漉的鼻尖像是在和我打招呼，眼睛亮晶晶地望向我。我想摸摸它，饲养员却说："小心，藏獒都是有野性的，你还不是它的主人。"他还说："你要是有这样一只藏獒啊，你带着它出门，就是五六只野狼看见你也得躲！"

我连忙摆手："这么大的藏獒，我怎么敢带它出门！哪是遛狗啊，是它遛我吧！"饲养员笑着说："藏獒是非常忠诚于主人的，在危险时刻会挺身而出保护自己的主人和领地，它们性情勇猛，不畏野兽，藏族人将它们视为守护神。"我不禁暗暗钦羡起那些驯养藏獒的人，他们有这样一个守护者，走到雪域中连绿眼的狼群也得绕得远远的，多威风啊！

在藏獒"秀台"上，一只全身雪白的藏獒被饲养员牵着给游人拍照，它名叫"雪域"，全身皮毛纯净如白雪覆身。这只藏獒体态轻盈，没有丝毫凶悍之气，像是曾被人长久地驯养过，像被呵护玫瑰一样陪伴过。

它歪着头，好像在辨认走向它的每个人，究竟谁是它的主人，会不会很快带它回家。我走过去轻轻地搂住它，它温驯而饱含倦意地任凭我贴着它的脖颈。它的身体温暖，皮毛细腻，像白色柔软的花瓣，它是谁独一无二的花朵？谁肯让它这样走失？

我突然伤感起来，人类和动物相互驯养建立关系，在短暂的有生之年相互需要也相互陪伴。它们原谅我们的三心二意和漫不经心。这个世界，到底是驯养者还是被驯养者更懂得感情和信赖？动物的生命仓促，飞快地度过匆忙的一生，也许你的一生可以驯养许多动物。而它们的一生，最幸福的事情也许就是长久地跟随同一个主人。我是多么希望有温暖善良的人来驯养它们，对它们负责，让它们的一生能够感到作为被驯养者的幸福。

养君千日，终须一别   ◎于 谦

人和动物之间平等与掌控的微妙关系，实在是一段值得回味的日子！

  我们几个人架着鹰，提着兔子走进了黑子家。在大家全都张罗着杯盘碗筷的时候，七哥独自在院子里抽着烟，反复地端详着这只黄鹰，掏出鹰瓢，给黄鹰饮水。七哥给鹰饮完水，进屋坐下来吃饭，大家围坐在一起吆五喝六，推杯换盏，热闹非凡。酒过三巡，七哥直入主题："黄鹰已经驯成了，我准备放了它。"

  回想起驯鹰的这段日子，我心中真是五味杂陈。但这一切，现在想起来都让人那么怀念和不舍。这段日子，我体验了鹰把式的生活，进入了鹰的内心世界，知道了伴侣动物和野生动物的区别，了解了什么叫服从、温驯，什么叫个性、不羁，明白了人和动物之间平等与掌控的微妙关系，实在是一段值得回味的日子！

  饭后，大家来到院中，把剩余的羊肉条一股脑儿地喂了黄鹰。吃吧！吃饱了不想家！七哥拿出鹰瓢让鹰饮足水后，将它托到了院儿门外的宽阔地上，给它解开了脚绊儿，一抖右臂，黄鹰振翅飞到了空中。

  黄鹰骤然失去落脚点，明显没有想好飞往何处，在头顶凝神一瞬间，无目的地低飞向前。黄鹰站稳脚后的第一件事就是转过身来向我们站立的地方张望。就这样人鹰对望了好几分钟，情况突然发生了变化，不知从哪里飞来几只喜鹊，盘旋在黄鹰的上空喳喳地叫着。嘿！这不是找死吗？按哥儿几个的想法，附近有鹰，其他鸟类应该唯恐避之不及才对，怎么还敢上前挑衅？而令我没想到的是黄鹰好像对喜鹊的聒噪很烦的样子，没等喜鹊叫两声，黄鹰便振翅向远处飞去。喜鹊倒是边叫边追，气势汹汹，一副得理不饶人的架势。

  没等大家发问，七哥就说了："这没什么奇怪的，鹰身体太大，不如喜鹊灵活，所以它逮不着喜鹊。传说喜鹊能飞到黄鹰的上空，边飞边向黄鹰身上拉屎。而鹰最怕这一招，因为喜鹊屎里有极强的消化液，沾在身上毛掉肉烂，所以鹰对喜鹊倒是敬而远之的。"不管事实是不是如此，反正我们看到的是喜鹊叫喊着，追着黄鹰向远方飞去——相处了十多天的朋友就这样和我们匆匆分手了。

蚂蚁从来不装死

◎庞余亮

听不到它们喊号子加油的声音，它们推的推，拉的拉，将食物运回洞穴。

虫子们大都会装死，比如屎壳郎啊，瓢虫啊，叩头虫啊，像打不过就装死的无赖。唯有蚂蚁不会。只要是活着的蚂蚁，它们总在动个不停。

蚂蚁从不装死。

母亲对他说蚂蚁不装死，也从不偷懒。但蚂蚁们都是在"穷忙"。不偷懒的蚂蚁的确是在穷忙——头那么大，腰那么细，身上一点肉也没有，手脚却从来不停，爬啊爬，一粒跟着一粒接力搬运米粒、果皮、虫子的尸体。

沉默的蚂蚁搬运队伍看上去速度不快，实际上速度很快。他稍微不注意，一支蚂蚁的黑亮队伍就漫过了一个门槛。再过一会儿，这条黑亮之线就转过了墙角，再也看不到了。

有时候，蚂蚁们搬运的食物比它们的身体重很多。听不到它们喊号子加油的声音，它们推的推，拉的拉，将食物运回洞穴。如果此时用一根树枝在它们面前挖一条"壕沟"，它们会停下来，准备绕道。这样的引诱会使它们搬运的队伍越走越远，后来，固执的绕道反而会使他放弃对它们的欺负。

蚂蚁实在太好欺负了。它们不叫喊，也不会复仇。他曾学孙悟空给唐僧画圈，用樟脑丸给几只蚂蚁画一个圈。那些被他困住的蚂蚁，显现出惊慌失措的样子，走投无路的样子，等于一场游戏的快乐。下雨前，蚂蚁们一起往高处搬家。秋风一起，蚂蚁们似乎商量好了，一起消失在他眼前。

后来他不玩蚂蚁了，因为他听到了一个蚂蚁报恩的故事。过去有个书生进京赶考，他在路上看到一群蚂蚁无法过沟，便俯下身子，找了一根草，给蚂蚁们搭了一座草桥，蚂蚁们过沟了。后来啊，这个书生在考试的时候，丢了一个关键的笔画，但没有被扣分。因为他救过的蚂蚁们主动爬到试卷上，凑成了这个关键的笔画。这个救蚂蚁的书生就这样中了状元。以后，谁能保证他不会在赶考的时候丢了笔画呢？

跨物种的母子之爱

◎王小柔

小动物的感知比人类的灵敏，你给它一点儿爱，它就有无尽的求生力量。

我已经很多年不需要闹钟了。因为家里有两只鸟，一只是鹦鹉，因为断了一条腿被弃养，来的时候已经患上了抑郁症，总是把自己的翅膀撕扯得血丝斑驳；另一只是灰喜鹊，亲鸟不知道为什么死在巢外，这个孤儿在雨后被送到我这儿，身体极度虚弱，一度以为救不活它。

小动物的感知比人类的灵敏，你给它一点儿爱，它就有无尽的求生力量。它们的努力其实也在治愈我。每天早晨俩鸟醒来必须看见我，所以天只要亮了，灰喜鹊就开始踹门，鹦鹉配合着大喊大叫。我睡得再沉也得去给它们开门，把它们放进卧室。它们冲进来，一个去窗帘杆上继续睡，一个直接往枕头边一躺，跟个人似的。耳边终于没了噪声，我打算再睡会儿。但能睡多久，取决于它们什么时候醒。这些半脑轮休的动物，睡眠是极短的。经常是鹦鹉站在我耳边大喊"妈妈""宝贝""小宝贝，你好呀"，灰喜鹊则用它的长嘴撬我的牙，或者干脆蹬鼻子上脸，在我眼皮上蹦。这么大动静，装睡的人都得起来。

在鹦鹉的甜言蜜语之后，灰喜鹊已经把它平时藏的各种食物摆满我身体周围，等我站在床边，再看床上，围着小核桃皮、干鸡蛋黄、鸟粮、黄瓜头儿、樱桃核、脏手纸、硬币……这是鸟在表达它的爱。鹦鹉会说人话一点儿不稀奇，稀奇的是这只鸟自打抑郁症康复后就变得特别爱持家。它喜欢纸盒子，把自己平时喜欢的东西分门别类都存在盒子里，一层一层码好，以至于我每天都得去它的盒子里取我的眼镜、我的门钥匙、我的笔等，倒是啥都丢不了。

灰喜鹊在经历了一次又一次放飞后依然坚定地留在家里，并且更加卖力地给我送东西。它会把它认为好吃的全塞给我，不要还不行，它会给你放进头发里，再盖好，拿脚踩两下，或者直接掀开我的衣襟把好吃的塞进裤腰。

每一只动物，都在给我做着生命教育，怎么对待生活、对待同伴、对待食物，怎么对待爱。它们纯净的眼神，就像一张滤网，淘汰掉人类的傲慢和贪婪。跟动物在一起久了，就更加向往自然。

刀光里的爱　　◎尤　今

把希望寄托在乌龟身上的那段日子，却多少纾缓了她心里那一份刻骨的悲伤。

当那盛在瓦钵里的汤端上来时，主人以拳拳之忱殷殷劝食："这是以金钱龟配合名贵中药炖成的，很滋补呢！"

与我同为座上客的那位广州朋友，性子随和，然而，此刻，对于摆在她面前的那碗炖龟汤，居然坚拒一尝。用过晚餐后，我们沿着花香浮动的林荫道走回旅店时，她才以忧悒的语气，向我道出了一件悲戚的往事。

"当记者那么多年，东奔西跑，对于家里的另一半，就算见面的时间，也是屈指可数的。心里老是想着，反正来日方长嘛，何必朝朝暮暮！可是，谁会想到，他那么健壮的一个人，居然会患上癌症！"她微微颤抖的语音曳在暗沉的黑夜里，显得分外凄凉。"我愿意尽一切的努力来补偿过去的疏忽，可是，一切都太迟了、太迟了呀！这时，他告诉我，活龟炖中药，有助于治病。我平时连刮鱼都不敢，可是，现在，为了他，我什么都愿意做！

为了把乌龟体内那泡含有毒素的尿逼出来，她把冷水注入锅里，再把活生生的龟投进水里，慢火加热。水由温而烫、由烫而热、继而大滚，龟因热挣扎逃命，在惊慌里、在狂乱中，它体内憋着的尿，便被逼了出来。龟死之后，捞出，她还得剖腹清肠。龟壳和龟腹，都是硬邦邦的，她只能从龟壳和龟腹之间的夹缝里一点一点地切开，才能把内脏拉出来。根据传统的看法，龟壳是最滋补的。可是，硬壳之上，有一层厚皮，要把这层厚皮刮出，却也是大费周章的！千辛万苦地刮去厚皮后，将白闪闪的龟壳洗净，斩块，再以中药炖上九个小时。每周杀龟、剥龟、刮龟，都是闭着眼睛、咬紧牙关、硬着心肠去做的。"有时，午夜梦回，蒙蒙眬眬间，还会听到乌龟四足在锅里扑哧扑哧地乱抓的声音呢！"

遗憾的是，这份蕴藏在闪闪刀光里的爱，虽然浓、虽然深，却依然挽不回枕边人的生命。然而，话说回来，把希望寄托在乌龟身上的那段日子，却多少纾缓了她心里那一份刻骨的悲伤。丧事过后，她怀着歉疚的心，立下了终生不再杀龟、食龟的誓言。

鸟　王

◎王长元

雪，还在下。雀，还在飞。待老头两茬弄下来，天，已经黑了。

捕雪雀，啥招他都玩儿得精。因此，南北二屯都叫他"鸟王"。

天上，早有成群的雪雀在飞，灰秃秃的翅膀，扇得空气呼呼响，或许几顿没吃食了，它们没命地寻觅着，一会儿扎到这儿，一会儿落到那儿……

躲在田埂后，老头不错眼珠向那儿看，小风怎么吹，也不动。估摸雀吃得差不多了，他忽地跃起，腰上的绳子向里哧啦一煞。雪雀，极惨，灰突突地倒了一片。这个时候，老头乐极了，拿起事先带来的麻袋，蹲下，捡；毛茸茸的小雀，贼胖，肉乎乎的，拿在手里，真滋润。若搁往年，一茬弄这么多，他早就知足了。拿回家去炸，炸不了的分给左邻右舍的孩子。可今年不同了，前天赶集，他看到有人收雪雀，1元钱一只。他想发这个财，所以他决定再来两茬。

雪，还在下。雀，还在飞。待老头两茬弄下来，天，已经黑了。

背着半麻袋雪雀，他晃晃往回走。老头汗落下去了，打了个冷战，感到贴身的衣服都凉。身子一凉，他就想起了酒。一手扶着麻袋，一手从身后把酒葫芦摘了下来，举到嘴边，牙咬掉瓶盖，接着就"咕嘟咕嘟"喝起来。酒入肚，身子确是热了。可是，腿却有些软，他觉得雀越发地沉了。

"这么沉的东西，能不能扔点儿？"他脑中这念头刚一闪，自己马上就否定了。死冷寒天，费了这么多力气，哪能扔？再说，若是往年扔点倒没啥，可是今年，这叫钱哪，不能扔。他的手一下子又攥紧了麻袋。毕竟是上了年纪的人啦，又喝了那些酒，离屯子还有几里路的时候，他再也走不动了。隐约间看见有条土坝。他清楚地记得，那是他背柴火歇腿的地方。他要过去，可是刚一挪动，脚下猛劲一滑，接着扑通一声，再接着，他便什么也不知道了。

第二天，当人们发现他的时候，老头已经死了，和麻袋里的雪雀一样，冻得硬邦邦的，只是龇着牙，仿佛在笑。村民们把老头抬进屯子，把鸟拿到集上。鸟卖了，卖了一大笔钱，买了口棺材，老头被发丧了。从此，这里的村民们不再弄雪雀了。偶尔下雪的时候，他们还能想起鸟王。

鹰之殇

◎陈元武

老猎人喜欢鹰，从某种意义上讲，鹰即是猎人，猎人即是鹰。

鹰的一生不是一帆风顺的，鹰会遇见许多意外和困难，会受伤，会因为疾病或者伤残而失去捕猎的能力，一只鹰失去这些能力无疑是致命的，鹰的强烈自尊心告诉它，它只能是强者，或者捕猎，或者死亡。

有一个老猎人告诉我一个真实的故事：

一只金尾雕在一次捕猎时失手了，它误将一只野豸当成了一只黄麂的幼崽，于是它轻率地发动了袭击，一个猛子从天空扎下来，仿佛在猎杀一只没有反抗能力的黄麂子，野豸受了一惊，起初是本能地躲避，然后是猛烈地反抗，野豸咬住了鹰的足踝，鹰负痛搏击，野豸落荒而逃。鹰却再也不能飞起来了。它的脚受了严重的伤害，胫骨折断了，并且筋腱断裂，鹰残了。那只鹰起初是悲壮地鸣叫，然后静默地伏在地上，被他拿外衣包裹着带回家。老猎人喜欢鹰，从某种意义上讲，鹰即是猎人，猎人即是鹰。山间，英雄惺惺相惜。鹰被他养在一只精心编织的竹笼子里养伤，鹰起先几乎不思饮食，只是绝望地哀鸣，鹰眼里常常溢着泪水，猎人似乎懂得鹰的心思，反复抚慰它，给它新鲜的肉食，给它包扎伤腿。一个多星期后，鹰似乎急切地想重归蓝天。它开始拒绝进食，表现得烦躁不安，猎人以为是它的伤病重新发作，于是再上药，再扎绑带，鹰不为所动。眼睛只是急切地往笼外扫视。猎人明白它的意思，于是放开它，打开笼子的门，鹰跌跌撞撞地跳出笼门，它急切地扑扇翅膀想飞，结果飞起来后很快就又落下，将腿重新摔断。鹰似乎感到极大的悲愤和羞辱，它俯下头来狠命地啄咬自己的伤腿，鲜血淋漓不止，看得猎人心里如刀割般难受。鹰轻易不自残，自残的鹰是不打算再活下去了，它疯狂的行为只是提示别人，它是一只失败的鹰，而失败的鹰是没有脸再活在世上了。那只鹰很快就死亡了，它没有躺下，它死在笼子的一角，独腿支撑着站立。

它的断腿已经流干了最后一滴血，它死得像个英雄。

我住的城市发现狼

◎邓 刚

人类如此疏远大自然，如此隔绝与生命相关的一切，最后也就会消灭人类自己。

听说在我住的城市发现了狼，我先是惊讶万分，紧接着就是惊喜万分。一座日趋现代化的城市，高楼大厦拔地而起，市街人潮如江河奔流，霓虹灯彻夜闪烁，汽车隆隆轰鸣。在这样人烟喧闹的世界，所有的动物都会吓得逃之夭夭，可是竟有狼来光临，这实在是一个奇迹。

这奇迹的发生不是狼有什么胆量，而是我们城市的绿化达到一个相当高的水平。似乎是不多几年，我们城市周围光秃秃的荒山，一下子丰满起来，披上一层厚厚的绿装。有些地方，树林密不透风，人都走不过去。有了这茂盛的绿色环境，自然就有了野鸡、兔子等小动物，进而就有了狼等大动物。为此，在一座喧闹的城市周围发现狼，是这座城市的骄傲，是大自然与人类亲近的最生动的标志。

很长一段时间里，我们没有与大自然共存亡的生命意识了。人类的智慧给我们带来现代式的繁荣，但也带来现代式的灾难。生命被包裹在化纤、橡胶、塑料和人造革里；脚下是厚厚的鞋底，是地毯地板，是汽车轮子；然后这包得茧蛹似的生命又统统被装进水泥建筑堆积的城市里；连呼吸着的也是被空调机扭曲了的空气。也许人们感觉舒适了，安全了，但也渐渐失去原本鲜活的生命状态。人类的行走借助飞机、汽车、火车等交通工具；人类的力量借助于各种机械设备；人类的智慧借助于电脑，那么人类最后会成为什么？

夏天的一个夜晚，我乘出租车回到我住的小区。司机告诉我，他在小区尽头的山根曾看见三只狼，长长的尾巴拖地，绿绿的目光瘆人……我听后情不自禁地喊了声："太好了！"司机大吃一惊，以为我脑子有病。于是我和他讲生态平衡，讲温室效应，讲臭氧空洞，讲冰山融化，讲生存危机。

司机瞥了我一眼，说："要你这么讲地球还挺危险的。"我说："现在还不算太危险，你看看路边越来越多的草坪，你看看与城市越来越融为一体的公园，你看看四周丰满茂密的树林。再说，你不是看见狼了吗？"

识见日增，人品日减

◎余 弓

明人宋懋澄《与洪二》云："自七岁以至今日，识见日增，人品日减，安知增非减而减非增乎！"随着年龄的增长，人的阅历会增加，社会经验逐渐丰富，此之谓"识见日增"；但恰恰因为见过的人和事太多，又容易使人老于世故，变得圆滑，丧失纯真的赤子之心，没有了棱角和锐气，此之谓"人品日减"。一增一减，有得有失，人生因此而沧桑。

送我一朵小红花

◎豆豆子

核磁共振，B超，钼靶，穿刺，手术活检……所有能做的检查都做了，没有一项能明确告诉我它到底是个什么东西，模棱两可的结果最后给出的几乎都是五五开的概率。

在这之前我总是觉得，20岁，我们是学弟学妹面前已长成参天大树的学长学姐，忙着毕业论文考研找工作；20岁，我们是初入社会的实习生，正是抽枝发芽茁壮成长的时候，参加公务员事业编各种面试，生怕落后一点。20岁，站在人生的分岔路口，迷茫又焦虑，害怕一步走错全盘皆输……可是当我站在医生面前，面对医生给出的可能性像一只小鹿一样惊惧的时候，当我听见经检的医生们看见检查单都低低惊呼"这么小……"的时候，当浴室的花洒喷出的水哗啦啦地和满脸的泪混在一起，我拼命压抑着哭声的时候，我才知道20岁到底意味着什么——它意味着人生的画卷刚刚翻过寥寥几页，意味着在等待审判的密布阴云面前，它就像一枚在风雨中飘摇的小芽。

阅病无数的老教授皱着眉头匆匆在检查单上写下"请加急"，我颤抖着双手在手机上搜索报告单上的术语是什么意思——在那一刻我脱下了一层又一层来自四面八方的重压盔甲，回到初临人间时赤条条热烈烈的来自生命本能的希冀——我想好好活下去。

我想好好活下去，大概是看见妈妈的眼睛里一直有泪光，她看上去比我还要无助，在医院的一片嘈杂里我不敢对她说我害怕。我就像小时候那样抱着她，告诉她也告诉自己，一定会好好的。大概是爸爸一直紧紧握着我的手问我紧不紧张，我假装稳重成熟地拍拍他的肩。大概是我突然想起了其实这个世界上还有很多很多爱着我的人。

我曾经害怕自己毕业即失业，害怕自己不够优秀和成熟，害怕自己一生碌碌无为永远活不成别人羡慕的样子，害怕自己说的每一句话做的每一件事都不够完美不够让人满意——怎么才能做到让所有人满意？最悲观的时候我给自己的答案是"永远活在人们心里"，但现在我不这么想了，活着可太有意思了，我还想看春天的花，夏天的阳光，秋天的落叶，冬天的雪，我还想吃很多次火锅、烧烤、炸鸡，还有一食堂的小酥肉，还想玩很多游戏，还想看很多书，还想邂逅很多风景，还想对很多人说很多遍我爱你……就像李诞说的，最值得"永远活在人们的心里"的是艺术品，而生命的最大价值是活着。

手术前一天阳光明媚。在病房的卫生间里，我在镜子前给自己拍了很多照片。我想起来之前读过的"有些路，只能一个人走"，我知道前路布满荆棘，黑暗又漫长，只能一个人上前，无法向人倾诉，别人更无法分担，但是穿越黑暗和无常，我就会成为一个更无畏更勇敢的我。

最后我躺上了手术台，护士姐姐慢慢推入麻醉剂的时候很温柔地说"我们要准备睡觉了哦"，我点点头。

我跌跌撞撞地摔过了20岁这道坎，拍拍灰还能站起来继续往前走。所以你看，这并不是一件坏事。我能开开心心地活下去，就已经是自己最想要的样子了——因为在20岁这一年，生命变得前所未有的厚重，而我未来的人生也将变得前所未有的潇洒和勇敢，因为在一个只有我知道的地方，荫翳曾经向我张牙舞爪，它的镰刀落下，我侥幸得以逃脱——但它教会了我，在花一样的年纪，要好好爱自己。

一树梨花开

◎鄢韵越

奶奶有一片园子。她在人生最意气风发的时候买下城郊的某片土地，一半用来盖房子，另一半用来种花草果蔬。

奶奶病了，脊椎骨滑脱。医生说，她会渐渐失去走路、站立与端坐的能力，然后彻底卧床。看到诊断结果的时候，奶奶跑到很远的地方给我买了一个20岁的生日蛋糕。

我站在客厅向光处端详这些黑压压的影像学资料，奶奶的脊椎以不自然的姿态映在核磁共振片子上，我能隐约读出其中某些衰退的、病变的、不能满足正常生活需要的蛛丝马迹。这根脊梁曾经站在凛冽的风中，没有在最艰苦的日子里被折断，摇晃的脚步支撑它走过八十年的路，然后再也没有力气迈出下一步。

那天，除了奶奶，我们所有人都没有吃蛋糕。

回家后，我常常将奶奶放在轮椅上，陪着她百无聊赖地看着电视。CCTV1，CCTV7，东南卫视，几个频道翻来覆去没日没夜地看。每天早上起床，我扶着奶奶在轮椅上洗漱，推她到餐厅里吃早餐，到客厅里看电视，午餐晚餐也是如此，日复一日。

几个月后，我看到奶奶连起身也不愿意了，难以忍受的疼痛与日渐萎缩的肌肉带给她无穷无尽的绝望。

她的时间变得很慢，尊严在流逝的时间里失去意义。再后来，褥疮长了出来，我们为她买了各种膏剂，炖下各种中药，终究赶不上脓血侵蚀皮肤的速度。大片溃烂的伤口爬上腰部和股部的皮肤，张牙舞爪地宣示主权，她的身体不再属于自己。

直到一个冬日的傍晚，我像往常一样给爸爸打电话，却在电话那头听见了奶奶去世的消息。我跑去见奶奶，不太稳定的呼吸在空气中凝结成雾气，于瞬间反射着白炽灯的光，又于瞬间消散。奶奶的孩子们齐聚一堂，各种仪式被有条不紊地布置起来。房间里，人们盘腿坐下，敲着木鱼，念着佛号，一声又一声，送她最后一程。不大的床上躺着奶奶，苍白、沉默、平静，再也感受不到褥疮的疼痛。她不动声色地和自己告别。

20岁的我站在房门外，向外看去，夜色朦胧，笼罩着房间外的园子，园子里的梨树上开满了花。我再向外看，却什么都看不见。

关于80岁的奶奶和20岁的我，我在很多年后回想，无非是些青春正好的画面和奶奶的园子。春风里梨花盛开，暖湿的气流里下着白花花的雨。盛夏时未能及时采摘的枇杷掉在地上，含糖的果肉翻出来，引来一群蚂蚁。蚂蚁的足迹被西北风扬起的尘沙抹平，果树的叶子一场接一场地落下，便到了萝卜成熟的季节。

奶奶的园子和四季一起更迭流转，一帧又一帧，不太清晰地映在记忆的碎片中。

后来，梨树被砍去了。20年可以改变很多事情，足以目睹懵懂无知的我成长为青年，变得意气风发，也足以让一位老人目睹自己的老去，走过一场完整的生命。再后来，奶奶变成一盒骨灰，长眠于故乡的老树下，等待下一个春天的到来。世界在用另一种方式记录她的时间，直至沧海桑田，很多树的梨花开了又开。

奶奶说过，梨花开得最灿烂的时候，也是我最灿烂的时候……

佛珠里藏着我的二十岁

◎燕麦粥先生

这正是一个阳光尚好，秋叶漫落的周日下午，手机屏幕亮起，"课代表"发来一条消息。我的思绪随之飘回川西，回到我二十岁时的支教时光。九月的康定进入雨季，二十岁的我在康定为期一年的支教时光，就以一场大雨为序章开始了。

第一次上课时，我问他们谁愿意做我的课代表，讲桌旁有一个虎头虎脑的，脸上带着高原红的小胖子把手举得很高。而我却不太想要这位特殊位置上的同学，我想大抵因为他是一位"顽劣"的学生，所以才被安排在这里。

我回到办公室改作业时，一张字条从作业本中滑落，上面歪歪扭扭地写着"帅哥老师，我真的很想当您的课代表。——贡桑轮珠"。我想了一下，便在字条上写下"相信你能做好一名优秀的课代表"，把它放回作业本里。

屏幕亮起，又一条"课代表"的消息发来："杨老师，您的佛珠戴着没呢？"我忙把抽屉里毛巾包裹着的佛珠拿出来。

贡桑当了课代表后，和我越发亲近，只是在学习上不怎么用功，老是做错一大堆基础知识题。在一次错题讲解后，贡桑笑嘻嘻地"承认错误"，并摸了摸我的头。那天课后正好碰到他的班主任，我就反映了贡桑最近糟糕的作业表现以及摸老师头的行为。

当晚我刚入睡，一阵电话铃声将我吵醒，我接起来，只听到贡桑的哭声，不断重复着"杨老师，对不起，我错了，以后我一定认真写作业"。贡桑的哭泣间杂着大人的打骂。第二天见到贡桑，我心里带着愧疚，却不知为何开口说了一句："下次还这样吗？"贡桑动了动嘴唇，却没有说什么。

从那以后，他对我"恭敬"许多，学习也更加认真了，我常常在课堂上表扬他，只是他很少再报以欣喜的目光了，见到我也只是会恭恭敬敬地道一声"杨老师好"。这件事就像一根刺扎在我的心里。

支教的时光过得很快，在临近期末的一个深夜，我拿起笔，展开信纸，"贡桑，展信佳……"我把写好的信装进信封，却犯了难，想把信封塞进贡桑的作业本，又有"为人师者"放不下的面子。"再想想吧！"我将信放回了抽屉。

手机里的"课代表"发来了信息，我把佛珠拍了过去。"杨老师，要戴着才有福气！快戴上。"

我把佛珠缠绕在手腕上，秋后的暖阳越过窗台，趴在我的手臂上，如康定六月的阳光一般和煦。

六月，在一次解疑释惑后，贡桑留下来请教我问题，他拿出一封信："老师，我想通了，您是为了我好，这是我的道歉信，请您收下！"我顿时感觉脸上火辣辣的，忙不迭地拿出抽屉里早就写好的信。他有点惊讶，瞪大双眼，继而深深地向我鞠了一躬，然后攥着信跑了出去。"终于拔出了那根刺。"我心里长舒一口气。

道别那天，我像往常一样走进教室，同学们早已整齐地坐下。贡桑的哽咽打破了这种宁静，然后是此起彼伏的抽泣声。

离开康定的前夜，贡桑敲开了门。"杨老师，这是我去求的佩珠（佩珠是佛珠的一种），今天刚开光，送给您！"我接过来后，却不知道如何佩戴在手腕上。贡桑握住我的手腕，细心地帮我缠绕上。"杨老师，要顺时针缠绕，最后交结要放在腕内，穗要放在腕外。"看着贡桑认真缠绕的样子，我想说什么却无法说出口，只好用手揉了揉他的头。他抬头望我，宝石般的眼睛里饱含不舍："杨老师，记得回来看我们。"

我用力地点了点头。

20岁，我在医院急诊科实习

◎Seven

我，医学生，急诊科的。谈起意气风发，青春正好，总会有说不尽道不完的故事，但让我印象深刻的，是那不起眼的"巧合"。

2016年除夕，我怀着一腔热血来到急诊科报到。来到这里的病人显得如此疲惫和痛苦，身穿白色衣服的人又如此忙碌，而作为实习生，一脸懵懂的我看起来与这个地方格格不入。

外科急诊的师兄逮到了我："师妹，那边有个有外伤的病人，你去准备一下，待会要清创缝合。""好的，师兄。"我默默跑去清创室，按照昨晚复习的临床技能步骤，左看看右看看，在一排柜子里面寻找着需要的东西：缝合包、棉球、方纱、注射器、碘伏，还有……正在思考还要拿一支利多卡因，抢救室的师兄又传来了一声："师妹，A区来了个心跳骤停的，他们已经胸外按压大半个小时了，你去帮忙按压。"去到16床准备帮忙，老师看了看我的小身板道："你力气不够，换个师弟来。"还没感受到被打击的失落感，那边的师兄又来了："师妹，B区的病人肝硬化，胃底静脉曲张破裂出血，刚刚吐血导致失血性休克，血压85/45mmHg，打电话叫消化内科来会诊一下。""优先处理休克……去把输血同意书打印出来给家属签一下……"我暗自高兴了一下：嘿嘿，这个我熟。

我走到护士台旁的电脑前坐了下来，下意识地看了看右下角的时间，不知不觉已经晚上十一点五十分了，"马上新年了，想给爸妈打个视频，"我摸了摸口袋里的手机心想，"算了，让患者家属签字挺快的，应该来得及。"急诊科人来人往，没有谁发现我的小心思。打印好输血同意书，我就在抢救室寻找家属的身影，喊了两声也没人回应。

此时，走廊的电视上播放的春晚正在倒计时，"3……2……1……新年快乐！"新年来临的一刻，一道璀璨的烟火擦亮了沉寂的夜空，新年的钟声敲响，走廊里排队看病的患者脸上也浮现一丝喜悦，有跟陪同的人祝贺新年的，有与家人打电话报平安的，也有走到急诊门口看烟花的。我的手机也响起了妈妈的电话，还没来得及接电话，就传来了熟悉的"师妹"声。循声回到抢救室，师兄让我一起去找16床的家属下死亡通知，当我看见他的妻子泪流满面地跪在地上喊着他名字的时候，不知不觉我和师兄也红了眼眶。我正要去扶她，她突然抱着我哭诉："大年初一啊，他才20岁，为什么？为什么？"哭着哭着便开始哑口抽泣，大概这就是一个人悲伤的过程，从无能哀号到痛到极致便会失去哀号的力气。

处理完手中的活，我走到急诊科门口调整好情绪，拨响了妈妈的电话，那边传来了熟悉的声音："宝贝女儿，新年快乐，生日快乐。"短短的十二个字，我不知不觉泣不成声，假装镇定道："妈，新年快乐，我想你了。"

每一天，都有新的生命诞生，也会有生命流逝，世世代代无穷尽，也许我们不能感同身受，但是我可以感受到这种差异带来的痛苦。作为医疗工作者，我正式宣誓：把我的一生奉献给病人。我的20岁，从生命的逝去中到来，这种不幸和幸福带来的矛盾，也是我一心救治他人的动力，从此，我投身到急诊科的工作中，再苦再累，也要和阎王爷争一争。生命，值得。

敬　启

本书为正规出版物。在阅读过程中，若遇内容方面任何问题，请与我们联系，联系电话010-51900481。因此影响到您的阅读体验，我们深感抱歉！感谢您对本书的认真阅读。